講談社文庫

畏れ入谷の彼女の柘榴

舞城王太郎

講談社

目次

畏れ入谷の彼女の柘榴

畏れ入谷の彼女の柘榴

?泣き声だ。

あれ?ちょっと異常な……喉の中が引き裂かれてるみたいな声で泣いてる。尚登《なおと》。

しばらく気配を窺う。千鶴《ちづる》は何をやってるんだろう?対応してるはずだ。でも泣き声は治まりもしないし一定のままだ。もう掠れてキヒャアアアアアみたいになっている。

起き上がり、裸足のままベッドを出て階下に降りる。リヴィングの脇の和室。襖はそもそもいつも少し開けてある。

覗くのはちょっと憂鬱だ。もう最近夜泣きなんてなかったけれど、続いていた頃は昼間ですら千鶴はイライラした様子で、それが夜中だと布団に突っ伏して泣いていたりして、俺は女の人に泣かれるとすごく困ってしまうし、それが恐怖感みたいになって自分の中に残ってしまった。

襖の向こう、暗がり、布団の真ん中に尚登がつっ立って泣き喚いている。俺が来たことにも気づいていない。

でもそこで尚登をあやしているはずの千鶴がいない。

？トイレか？

……いやトイレはさっき通り過ぎたけれど灯りは点いてなかった。

尚登の夜泣きに疲れて距離をとってるんだろうか？一息入れてから戻る直前だったり？

ともかく俺は「ナオ〜どうした〜？」と和室に入り、布団の上に足を乗せて、別の人間の足を踏む。

「うおっ」

と驚いて片足立ちになった俺に
「パパ〜」

と『フゲエ』の混ざった声で尚登が抱きついてくる。

抱きとめながらそこにある足の主を確認する。

千鶴だ。

え？寝てんの？この泣き声の脇で？

「ナオ、どうした？」

「ママが〜」

心臓が内側から肋骨に突進激突破裂したみたいなドキン。

千鶴は寝てるんじゃなくて倒れてるんだったりして……!?

「チヅ」

俺は手を伸ばし、肩を触る。

暖かい。

良かった死んでない……死ぬ?どうして千鶴が。いや人が突然死ぬ理由なんていくらだってあるだろう。心不全とか脳梗塞とか……まさか。

ただ寝てるだけだ。頼むぜ……?

「チヅ」

揺する。寝てる人間の肩は重い。

「チヅ。どこまで寝てるんよ」

ちょっと力を込めて押し、肩を鷲掴みした指を絞る。

「ちょっと」

「マァマアアアアアアア。ひゃいいいいいいいいいい。マァァァマアアアアアアアアアアアアアアアアアア」

尚登の泣き声がこの部屋でとんでもなく悲しい出来事が起こってるみたいな空気を

煽り立てる。やめてくれ。悲痛、みたいなの。

「尚登泣いてるで？」

そもそも俺なんか前に夜泣きしててもほとんど気付かなかったのだ。男の脳がもとより女性の脳より子供の泣き声に鈍感にできてるとしてもいくら何でもってくらいに。

そして俺よりとっくに目を覚まして尚登を抱っこしたり寝転んだまま抱きしめてたりしていた千鶴がまだ起きない。

絶対におかしい。

俺は尚登に背を向けて眠る千鶴の首筋を触ってみる。脈はある。顔に耳を近づける。寝息も聞こえる。

でもこれは眠っているんではない。睡眠とは別の何かだ。

でもそれが何なのかわからない。

救急車を呼ぶべきなのか？

いや待て。俺はまだ全てを試していない。深く眠ってるだけの人間を飛び起きさせる方法って何かなかったか？

俺が思い出したのは尚登が生まれた直後に習った技だ。新生児だった尚登が産院で授乳中に眠りかけたときなどに足の裏を親指の腹でニジ〜〜〜と押し擦ってやると、泣いて可哀想なんだけどともかく起きた。

あれを試す。千鶴の足がちょうどタオルケットの端からこちらに出ている。

左手で取って持ち上げ、右手の親指を押し当てる。赤ん坊と違って大人の足の裏って広くて硬くてガサガサしていて起きてたらこんな不意に足の裏なんて秘部を触られて千鶴は恥ずかしがっただろう。怒ったかもしれない。でも今の千鶴には何の反応もない。

渾身の力で親指を押し込み、土踏まずの中央を縦に擦る。

ニィジイイイイイイ。

「千鶴」

ニィィィジイイイイイイイ。

もう一度。

起きない。

「マァァァァァマアアアアアアアアアアアアアアアアアアアアアア!」

えっ起きない。起きない?ホントかよ。

あれ?足の裏より痛いとこどこだっけ?

胸だ。胸の真ん中。車の免許取るときに習った。拳でグリグリだ。

「千鶴!」

夜中だからってもう関係ない。大声で名前を呼ぶが反応なし。

ぐいっと思い切り肩を押して仰向けにして……あれこんなふうに乱暴にするのは良くないんじゃなかったっけ?でももうしょうがない、拳を胸に当てる。久しぶりに千鶴の胸の膨らみにも触る。

グリグリグリグリ……「千鶴!起きろ!」

ってもう少し穏やかに声かけするんだっけ?

もう何もかもわからない。

ともかく反応がないのは異常だ!これだけが本当だ!

救急車だ。俺の携帯はベッドの脇に置いてきてしまった。

「ナオくん、いっぺんパパの部屋行こさ。ほんでママ病院に連れてこう」

と言って俺が尚登を抱き上げようとしたとき、布団に直立したまま尚登が口を大きく開けてバアアアッ!と噴射する。水平に飛んで一番ゲロは向かいの壁に届く。バシャシャシャシャ!と音を立てて投げたロープが床に落ちるみたいにゲロがまっすぐ尚登の足元まで線を引く。

「わああ」

と思わず俺はびっくりしたというか感心してしまった。何今の大量の……。内臓まで出てないか？そんなゲロもあるんだヒャー……！

「……」

尚登も口を塞ごうとしたらしい両手を胸の前で止めたままあまりの光景に呆然としている。

「ナオくん、大丈夫やで、いいでちょっとこっちおいで」

俺は尚登を抱きとめる。

尚登まで失うわけにいかない。

尚登は暖かい。が震えてる。

「っぐ、……ふ、う……」とまた泣き出している。

俺は泣いてない。震えてもいない。生きている。動くのは俺だ。

「尚登。これから一緒に上行って携帯で救急車呼んで病院や。ママ大丈夫やさけ。な？」

勝手なことを言っている。

でも尚登が頷く。

「早よ行こ」

そうしよう、と思ったときに背後で声がする。

「くさ〰〰〰〰〰」

振り返る。やはり千鶴だ。目覚めた！『草』？あ『臭い』か。あれいや『くそ〰』の聞き間違いかいやいや千鶴はそんなこと言わないか。

「くっさい！何これどうしたん？」

あやはり『臭い』だったか。

「ナオくん吐いちゃったんよ。千鶴大丈夫か？」

「は？かかった？ナオ何してんのよ〰〰どうしたん」

「ナオくんは何もしてねえよ。チヅが大変やったんや。大丈夫か？ゲロはかかってねえよ」

「はあ何が……」と千鶴は自分の体を確認する。「今何時？」

「あ？……携帯ないでわからん。ほんなこといいで千鶴、なんか体とか頭とか、痛いとことかないか？気分どうや」

「別に……寝てた」

「寝てたって感じでないで？俺、脈みたもん。千鶴、呼んでも体揺さぶっても全然起きんかったさけ」

「あ、そうなん？ナオ、吐いてもうたんか。泣かんでええで？ママ掃除するで」

「吐いたで泣いたんでないで？泣きすぎて吐いたんやで？」

「マジで？ほえー」

「ほえーでねえって。ほんまなんもないんか？」

「ないって。ナオ、こっちおいで、抱っこしたげるで」

と言われても尚登は俺の腕の中で動かない。いつの間にか俺のシャツを肩の後ろでぎゅっと握っている。

「ナオ〜」

「千鶴が全然起きんでびっくりしたんや」

「ごめんごめん疲れてたんかなー」


「ママの体に光入った」


と唐突に尚登が言う。

「あはははは。光？」と千鶴が笑う。「ほれが怖かった？」

尚登が頷く。

「……」

「大丈夫や、おいで」

と千鶴が手を広げるが、尚登は動かない……どころか俺の背後に回ろうかどうしようかと体重を移動させている。

「ともかく千鶴、ちょっと変やったで？俺、千鶴の足の裏ニジーッてやったし胸もグリグリ押したけど全然起きんかったもん」

「寝てただけやって……なんで?そんな起きんかった?」

「全く」

「あははは。あ、ほんまや胸痛い」

「マジで」

「うん。これ……アザんなるわ明日。もう今日かな」

「ごめんな。ほやけど千鶴、いっぺん病院行ってみてもらおうさ。ほんまに異常やったもん。俺今救急車呼ぶ寸前やったで」

「えー?」

「えーでなしに。シャレんならんで」


千鶴は六時間後に武生《たけふ》の東《ひがし》病院に行く。ひと通り診てもらい健康体が確認される。

待合室で尚登と待ってて俺は訊く。

「ママの光、どんなんやった?」

「赤かった」

「お。そうか……」

「ババババーッて三つ光って、三つともお腹入った」

「三つ？」

「うん。もう嫌やで話したくない」

「ほうか」

三つの赤い光？

それらは今も千鶴の中に入ってるのだろうか？

あの畳の部屋で一体何が起こったんだ？

俺は千鶴が健康であると太鼓判を押す医者に息子の証言を伝えるが、

「寝ぼけたんでしょう」

で終わる。

そりゃそうかもな、とも思う。体から光が出たってなら千鶴の体に何かが起こったかもしれないが、入ったなんて単なる不思議だねってことにしかならないだろう。

尚登も特に気にしている様子はない。話したくないと言ったのでこちらも突っ込まない。

実は話はそれどころじゃなくなる。

医者が続ける。

「それでご本人おめでたです」

えっ？

「何がですか？」

「奥さんのお腹の中に、赤ちゃんがいますね。まだ五週め、厳密には胎児ではなく胎《たい》芽《が》って段階なんですが、おめでとうございます」

「ありがとうございます」

と条件反射的に応えてから俺は考える。

はて？

この五週間で千鶴の裸なんか見たっけ？

見てない。

いやこの五週間に限らない。

もう半年以上は服を着ているときも含めてほぼ体に触れてすらいない。

俺と千鶴は仲のいい夫婦だと思う。

でも尚登が生まれてからしばらくは子育てで余裕がなくて、子育てが落ち着いてからは千鶴が体型が変わってしまったと気にしてるみたいで出産前の回数には到底戻らなかった。

記憶がないままましたなんてことありえるだろうか？例えば酒に酔って？　考えにくい。考えられない。千鶴は酔っ払いが好きじゃないし、酔っ払ってせまられると侮辱されてるみたいで嫌だと怒り出す人なのだ。

ならば……俺が寝てる間に千鶴が俺に何かしたってこともあるだろうか？

千鶴が？

どうして俺の寝込みを狙う必要がある？

いや俺とのまぐわいに嫌悪感があるけど目的のものだけが欲しくて……ってことはまあ言葉だけなら出うる話だけれども千鶴という生身を知ってる俺には信じがたい。

そもそも千鶴が二人目を欲しがってたというのが信じられない。

常々「二人目がいるってことは一人目の子に使える時間も半分になっちゃうんじゃないのかな」「尚登がまだ小さくて分かってない障害とかあるかもしれないし」「上の子が赤ちゃん返りとか嫉妬とか、そういう悲しい気持ちに少しでもさせたくないかも」などと言って尚登のことを心配してばかりだった母親なのだ。俺も兄弟はいるし寂しい思いやらなんやらを感じたことだってあるけれども、そういう感情を抱え込まない人生なんてありえないんじゃなかろうかと思ってるし、息子だってそういうのを乗り越えて生きていけるはずだ。

辛い思いが悪いわけじゃない。

何言ってるんだ俺は。

二人目はできた。

でもそれが《俺との二人目》じゃないって可能性があるのかどうかが問題なのだ。

それについては千鶴に……うん？

「先生、その、妊娠の話は妻には……」

「もちろんご本人には先にお伝えしました」

「えっ、あ、どんな反応でした？」

「はい？奥様のですか？」

「あ、すみません、そうです」

「……まあ、ちょっと驚かれてたみたいですよ。女性自身も、自分の体調の変化に気づかれてない場合割とあるんですよね」

「そうですか」

驚いていた、からは何の推察もできない。

ともかくここには大きな問題がある。俺と千鶴のだけじゃなく尚登のこれからを暗くする大きな震源。

私はいいから話聞いてきて、と言った千鶴は今もフロントロビーの待合ソファに尚登と待ってるはずだ。

俺は診察室を出る。出るしかない。廊下をエレベーターホールに向かいながら考える。

驚いていた、というのは妊娠という結果であってその原因については千鶴は何らかの心当たりはあるのだろうか……？　とその一点について考え込んでエレベーターに乗れないままどれくらいか時間が経ってしまうけれども、どれだけ考えても当然答えなど出てこない。他人の内心の、全くないか、あっても秘密の部分だ。

しょうがない。ここでとどまっていて何かが解決するわけでもないし、単純にエレベーターホールなんて長居するところではないのだ。

エレベーターに乗り、一階に降り、箱から出て、ホールからも出るとすぐにフロントロビーで千鶴と尚登がいて、千鶴はずっと俺を待っていたらしくて目が合う。真剣そうでもありぼうっとしてるだけのようでもある顔をしている。

　おめでたって顔じゃないことだけが確かだ。

　俺は進み、家族に合流する。妻の中にもう一人いるんだよな、と思いながら。

　俺の家族？

　法律的には少なくともそうだ。

「お待たせ」

　と俺は言う。

「聞いた？」

「聞いた。原因は不明やけど一応問題ないみたいやな」

「そっちでなくて」

「うん。ここで話す？」

「うーん。ナオがいんとこでしよか」

「ほやな。あ、でも一個だけ。知ってた？」

「何を」

「今自分が、そういうことになってること」

「知らんかったよ」

「ほうか。相手は知ってるん？」

と訊きながら、あれ訊いちゃったと思う。

「うん？相手って？」

「いや、それの」

「それって？」

「や、ほやで、今のその状況の」

「は？相手って、あんたしかおらんが」

「うん？俺って、でも、可能性あるっけ？」

「どういう意味よ。あんたしかいんが」

「え？そうなん？ほしたらごめん、俺が忘れてるだけなんかな？いつのことか憶えてる？」

「何が」

「何がって、それの可能性を生む、ほら、あるが」

「もうちょっと何話してるんか判らんようになってきたわ。少しだけはっきりめに言うて？」

「ほやで、チヅの体にそれができるには、俺とチヅで何かせんとあかんやろ？」

「したやろ？」

「したんや？」

「どういうことよ。したでできたんやろ」

「そういうことならいいんやけど、ほんで、だからごめんって言うたんよ。俺、正直言うていつしたんか憶えてないで」

「え？前したが」

「いつのこと」

「いつって、何月何日みたいには憶えてないよ？ほやけどしたが」

「いやそれもうだいぶ前やろ。半年は前やぞ」

「やあもうちょっと前かな」

「何言うてるんよ。まあ、そうなんやけど、ほしたら計算が合わんが」

「何の」

「今五週目やぞ？半年前やったら違うやろ」

「何が……？ああ？あ、ホンマや。あれ？」

「な？」

俺も何が『な？』なのか。いやいや。目の前のこの女の人は何を言ってるんだ？

「でもこれあんたの子やろ？」

と千鶴が自分のお腹にそっと手を置く。

おい。

「んー？赤ちゃん？」

と尚登が訊く。

これを避けたかったのに。

「あー……」と千鶴が言葉を探すがごまかしきれないと思ったのか「ほうや〜」と言う。「今お母さんのお腹ん中に赤ちゃんいるんやで？」

尚登は
「ふうん」

と言って、ソファの脇の棚から与えられたらしい絵本に戻る。

「楽しみでないの？あんたの弟か妹やで？」

と千鶴がどんどんその話を広げようとしてるけれどもちょっと待て待て……と思うが俺もそれを止める言葉が浮かばない。

尚登が絵本を見ながら言う。

「別に。弟も妹も、いんでわからん」

これには俺も、千鶴と一緒に少し笑う。

「あははそれはそうやわな」と千鶴が言って俺を見る。「この子頭良いなあ。冷静やわ」

そうかもしれないが、そんなことを言ってる場合じゃない。

「話戻していいか？」

「あはは。うん」

「ほんで、時期が違うの、説明できる？」

「説明って何の」

「いや今言うたが。時期が違うことよ」

「何で半年以上……もっと前にしたのかってこと？」

「や、それは要らんが。何言うてるんよ。今五週目なんやで？この五週間のことよ」

「何言うてるって別に……ほしたら五週間のうちにしたんやろ？憶えてないだけで」

「してないよ」

「憶えてないだけやって」

「いやしてないのを憶えてるよ」

「え〜？今夜もしてない、今夜もしてない、みたいにして夜寝てたん？」

吹き出しそうになる。「何言ってるん……ほんなわけないが。ほんな指差し確認してるはずないやろ」

「あはははは！怖いわ」

「ふふ。や、してないし。指差しも、あれも」

「え〰〰？そんなはずないが」

「……ほしたらつまり、チヅは他の相手ってのはないんやな？」

「はあ？」

と言って突然真顔になり、それから険が浮かぶ。

「……何？ほんなふうに疑ってるんか？」

と怒気が混じる声に嘘っぽさはないけれども……。

「いやいや俺の立場でよう想像してみ？もう半年以上も……」

「やめて。子供の前やで？」

「そんな……今更唐突やんか。ちょっと待ってや。今どう考えても俺弁明しとかなあかんとこやろ」

「聞きたくない」

「ええぇ？マジで？」

「酷い」

「や、酷いとか言って、それは俺の立場を理解してないさけやろ」

「あんたは旦那やろ？」

「ほうや？ほやけど……」

「ほしたらあんたしかいんが」

「ええ……？」

「違うんか？」

「いやそうであってほしいしそうであってもらわな困るんやけど」

「ほやでそうなんやから問題ないやろ」

いやありまくりなのに話になってないよ、と思うが千鶴の剣幕が凄くて言えない。

訳の判らないままながら問題ないというセリフが出たのでとりあえずここで切り上げる。

「まあ、ちょっとまた別のときに話そうか」

と言って、俺はいささかふくれっ面の千鶴を立たせ、尚登に絵本を戻させ、俺だけ車を取りに行き、玄関で二人を拾って家に帰る。

車内で千鶴が言う。

「あ〰〰あ。おめでたいことなのに、最悪や……」

と窓の向こうの山並みに向かって。

ええぇ?と俺ももう一度記憶を洗うけれどもどれほど探っても絶対に浮かんではこない。

してない。

普段してる中でたまたまその期間にあったかどうか、みたいなことなら勘違いもありうるけれども、もうずっと何もない中でそんな抜きん出たことが起こったならずっと憶えているだろう。それどころかホクホクとその思い出で自家発電だってしたかもしれない。

千鶴が自分の不貞をごまかすために妙な逆ギレをして見せてるだけってことはありうるだろうか?と一応疑ってはみるものの、千鶴は本気で怒っているし、これまでもたまにしかなかったものの、本気で怒ったときの千鶴の様子をそのままなぞるようにして数日が過ぎる。無視、ため息、おざなりな色々、消えた弁当。

それから四日ほどしてようやく話しかけてくる。

「なあ」

「うん?」

「ごめん。あんたと私、してないよね」

「うん。ここしばらくね」

「ごめんな。あんたとしたんやろうなとしか思えんかったんや」

「ほうか。つまり、それは他の相手がいんさけなんやろ？」

「もちろんよ」

「ほやけど、妊娠はしてるんやで？」

「うん。不思議やな」

「不思議やなって……まあ、不思議なんやけど、それで話終わらせられんが」

「うん……まあ、そうやわな。どうしよか」

「あ〜……俺も考えてたんやけど、普通にそれは、例えばDNAを鑑定してもらうとかしかないかもな……」

「はあ?疑ってるん？」

とまたいきなり千鶴が怒りだして、俺は言う。

「どうやって妊娠したのかが不思議なんやろ?その不思議をどう解明するんかの話をしてるんでないの？」

「ほやけど自分の子供DNA鑑定するとか言って、そんなの浮気を疑ってるのも同然やんか」

「ええ……？」

と混乱しながらも、俺は思い出す。

妊娠したならいろんなことをすっ飛ばして父親は俺だと即座に思う人なのだ。

だからこれも単純に状況から脊髄反射してしまってるだけのことなのだろう。

「俺は何も疑ってないよ」と一応言葉にしておく。そんなはずはないのだけれども、そういうふうに聞かせておくべきだろうと思う。「チヅが浮気なんてするはずないもんな？」

「……………」

俺を睨むだけで返事もしないし頷きもしないが、まあいい。ちょっと頭に来て硬直してるだけだろう。

「ほやさけ俺も不思議やなと思ってるの。ほんで、その不思議にどうやったら答えが見つかるかなと思って、ニュートラルに考えて出てきた一つの選択肢がＤＮＡを調べることってだけ。俺の子供やってハッキリしたら、次はいつ作ったんやろなってことになるやんか」

「九月の十日とかその辺やわ」

といきなり千鶴が数字を出してくるので俺も少し慌てる。

「え、あ、そうなん?調べたの?排卵日」

「……」

調べたんだろう。訊くまでもなかったことだ。

九月の十日とかその辺り。

具体的に何をしていたのかは憶えていないしただ寝ていただけかもしれないが、やはり交渉の記憶はない。

「ほうか。んでも、やっぱ俺、記憶ないやわ。チヅある?」

「あんたが何かしたんでないの?」

「うん?何かって何」

「私が寝てるときとかに、そっと」

「そっと何……エッチなことしたってこと?」

千鶴が頷く。

「あのなあ……俺ら夫婦やろ?何で俺、奥さんにそんなことせなあかんのよ」

「私がしてあげんかったさけ……」

「してあげるって何よ。俺してもらったことなんかないけど?」

「いや私もそんなつもりがあったわけではないけど……」

言葉っ尻にカチンときてる場合じゃない。

「うん。いやそうじゃなくて、普通にそんなことするはずねえって話。そもそも俺、千鶴とそういう話できんかったわけでないやろ？つか結構率直にそういう性的なことも割とちゃんと相談できてたと思うけど？」

「……そうかもしれんけど、でもそうでも考えんと話に辻褄が……」

「話の辻褄合わせよりも、お互いの信頼を大事にしようさ」

と言いながら俺も千鶴の不貞を疑ってる……のだろうか？　いや、辻褄を合わせようとしてるのだ。

俺もやらかしてる。

「ごめん。俺もちょっと気をつけるわ。俺は千鶴に黙って変なことせん。千鶴も俺に隠し事はせん。そこから始めよか」

「……うん」

と言ってもらえて良かったけれど、じゃあどういうふうに進めるんだ？

すると千鶴が言ってくれる。

「私、浮気とか何もしてないよ」

あああそれをこちらから訊けなくて困っていたのだ！

言い出してくれてありがたい、という顔を俺は隠せただろうか？わからない。

千鶴が俺の方を見たままポロリと涙をこぼす。

わあ、と思う。

なんか《綺麗な涙》をこぼしたな、と思い、ズルい、と次に思い、いやそんなふうに考えるべきじゃない、と遅れて思い直す。

「泣く必要ないやろ？」

と俺は言うけれど、

「わざわざこんなこと言葉にして言わなあかんと思ったら悲しくなったの」

と言われれば言い返す言葉はない。

「まあな……」

「ほれに、……なんで私らに子供ができたのに、おめでとうでないの？」

……………？

えっ？

どういう意味だろう？

どうしてこの現状で俺が喜ぶと思ってるんだろう？俺が心当たりがないと言ってる

意味が本当にわかってないのだろうか？

　わかってないのだ。さっきはしおらしく俺としてないことを自分でも認めていたのに、俺がこっそりレイプしたみたいなこともちゃんと否定したのにやっぱりその線も捨ててないんだろう。脊髄反射の回路がそのまま残っているし、今もまだ《自分に子供ができたなら父親は俺である》という一本道に突っ立ったままで全く移動できていない。

　言葉を失った俺を千鶴が追撃する。

「……なあ、なんで？なんでおめでとうって言うてくれんの？」

　いやその答えは一つだし、それは千鶴がその立ち位置にいる限り千鶴をいたずらに傷つけるだけだ。

　どうしてこの人は俺の身になって考えるということができないんだろう？

「あのなあ、」と俺は言い始めている。「俺とはしばらく何もしてないことはわかってるんやろ？」

「……ほんでも……」

「いや聞いて？ほんで、まだ俺が、千鶴の気づかんうちに何かの方法でやったとするが？ほしたら千鶴はもしかしたら混乱するかもしれんけど、俺は自分の子供ができて嬉しがると思わん？普通に」

「……ほやでなんで嬉しがらんの？」

「え？ちょっとよう聞いてな？今の妊娠が俺の子供やって俺わかってたら喜んでるって言うてるのなんで同じようにわかってないはずの千鶴は喜んでるんよ？」

「私の子やもん！」

「うん。それはその通りやろ。で、俺の子か？」

「それはそうやろ！」

「なんで？身に覚えないんやろ？」

「あんた私の旦那やろ！」

「待って待って。興奮せんといて。お腹の中に赤ちゃんいるんやろ？」

「あんたの子やが！」

「なんでそう思うの？」

「あんたが私の旦那やでやろ！」

「子供は関係性でできるんでねえやろ？夫婦になったら自動的に子供ができるってはずないやんか」

「そんなこと言うてないが！」

「言うてるよ。そういうふうに言うてないだけで言ってることは同じや。でも、子供が両親揃ってるだけで生まれるはずないやろ?ちゃんとやることやったからできるもんや。ほんなの、両親がいるだけで子供ができるんやったら少子化なんて問題とっくに解消されてるやろあはは」

「何が面白いんよ。少子化の話なんてしてないが」

「してないよ。俺もそんな話してない」

「してたが」

「話のポイントがズレてるってことよ」

「はあ?もう訳わからんくなってきたわ……」

「いやここで切り上げて後で冷静に考えると……ってなっても、結局同じやと思うで?」

「何が?」

「同じ議論にループしてくるってことよ」

「同じ議論って何よ」

「ほやで、俺は身に覚えがないからその子が自分の子だっていう確証を持てない、チヅは自分の子供なんやで俺の子に決まってる、そうやって二人で言い合うだけになるってことよ」

「私の子があんたの子でないってどういう意味？」

「……え？それを聞かなきゃ意味がわからないってこと？　それともそれを言葉にできるか俺を試してるんか？」

「私はあんたを試したりはせんよ」

「ほしたら本当にわからんってこと？」

「わからん」

セックスをせんことには子供はできんのやで、俺としてないんやったら他の人としてるんやろってことだよ、俺には身に覚えがないからそういうふうにしか想像できないってことが、俺の気持ちを想像できないチヅにはわからんやろ、と、よっぽど言いかけたのだけれども、すんでのところでやめておく。それを言いたくなくて頑張ってきてるのだ。

「ほしたらもう、ちょっと時間置こう。ほやけど、一つだけ言うておくわ。あのな？俺は今回の妊娠を本当は心の底から本気で喜びたいんやで？ほやのにそれができんで……残念って話でないで？俺は、実は、ものすごく悲しいんやで？その辺チヅ、全く想像できていんやろ？」

「悲しむ前に喜びなよ」

とあっさり言われて俺の心のどこかが折れる。

千鶴には、それがないのだ。


しばらく時間を置けばまたしおらしい様子でごめんこないだはあんたの気持ち理解できなかったけど今はわかるよ的にアプローチしてくるかなと思っていたけれどそれはならず、似たような言い合いを二三回やってお互いが消耗して、でも千鶴の方が疲れたような体で実家に帰ってしまう。

それでいい。ループするだけの不毛な言い合いをしたくないとはっきり言ったしどこが食い違っているのかをちゃんと伝えてるのにすぐに口論を吹っかけてきて、それをしたくないという俺の気持ちを無視され続けることに俺も疲れ果ててしまっていた。

もちろん千鶴の気持ちを俺は理解している。千鶴は俺の子供だと思い込んでいるから俺の態度が気に入らないのだ、シンプルに。

でもそれが思い込みに過ぎないという俺の主張が全く届かないから苛立つんだし、彼女としてはとても辛いし悲しいのだ。それはそうだろう。せっかくの妊娠が《父親》に祝福されないなんて。

しかしどうしても良かったねってことには俺の中ではならない。それどころかどうしてそんな祝福を強要されてるのかも理解できない。

「ああ?ほやで俺とチヅ、妊娠につながること何もしてないってのは共通の認識なんやろ?ほんでなんで俺がやった—自分の子ができたってなると思ってるんよ」

と言い続けることにも、単に飽きてしまった。

もういい、何でもいい、自分に痛みをもたらす言葉を繰り返さなきゃいけないっていう地味な地獄から抜け出せるなら、妻が目の前から消えてもらってもいいというところまでは追い詰められたのだ。

けど、

「今ちょっと赤ちゃんのことしかできんで」

と言って尚登を俺のとこに置いてったことが許せない。

「いや俺仕事あるさけ」

と訴えたのに

「自分の子と水入らず向かい合って、親になること、子供を持つことをもっかいしっかり見つめなおしたらいいんでない?」

などと言い放ったことも。

これは今後のもしもに備える練習だ、と俺は構えることにする。そうだ。千鶴がはっきりと認めないせいで妙に振り回されてる感じになってしまっているが、他の男の子供を妊娠したならこれは夫婦にとっては致命傷のはずだ。

何度も何度も問い直す。

俺は千鶴としたのか？

触ってすらいない。やっといて忘れたということも絶対にない。というか同じことを訊くな！答えさせるな！

千鶴の親は車で三十分ほど離れた町に住んでるのだけれども娘からまともな説明を受けてないらしくて三日目に電話がかかってきたので説明すると、妊娠したことすら聞いていなかった。で、俺の言ってることが全て理解できる上に俺の味方っぽいことまで言ってくれる。

「それは伸一《しんいち》くんも辛いし不安やわなあ。そもそも四歳の子を伸一くんに任せてこっちに帰ってくるなんて、常識外れなのは千鶴やから。ほんで尚登のことで困ってることとなんもないか？……ほうか。なんかあったら頼ってくれてこっちは構わんでの？」

その日のうちに義父が料理や野菜などを届けてくれ、尚登とちょっと遊んで帰る。

帰り際に
「今母さんが（義母が）千鶴に話聞いてみてると思う。わかったことはちゃんと教えるで」

と言って少し涙ぐんでいて、そんな姿を見るのは初めてで俺も泣きそうになる。義父にはわかっているのだ。これが家族の形態を変えるきっかけになりかねない事態だということを。

けどどうやら義父にも義母にも同じ主張を繰り返すだけで特に新しい情報などは届いてこずに、義父と義母が疲弊していくのを電話越しに察したり尚登に会いにきたときなどに確認したりするだけになる。

ある意味感心する。ブレないなあ、と。頑張るなあ、みたいな気持ち。話の筋が通らないことにどうしてこうも無感覚でいられるのかしら？凄い凄い。

正直こうやって距離がひらけば優先すべきは尚登で、俺はずっと母親が家を空けてることで尚登が動揺するんじゃないか、自分を捨てたみたいに感じるんじゃないか、もう戻ってこないんじゃないかと心配するんじゃないかと思うけど特にそんな様子もなくて、ホッとする。……が、同時に疑問だ。

そんな千鶴と尚登の関係性って通常のものなのだろうか？

千鶴は尚登が三歳になってから職場に復帰してフルタイムで働いているけれども、それでも保育園に迎えにいくのは千鶴で、俺が夜遅くに帰るまでは千鶴と二人きりで過ごしていたはずだ。特にお父さん子だった印象もないのに……。

いややはり普通に考えて突然親のどちらかが顔を見せなくなったらキツいものだろう。ならば今平気そうなのは見せかけで、おそらくきっと俺や周囲の人に心配させないよう我慢してるか、自分自身の平静を保つために気持ちを封じ込めてるに違いない……と思って不憫げに見つめてる俺に構わずご飯を食べてテレビを見て普段から遊んでるおもちゃでワイワイ遊んで俺に絵本を読むようせがんでくる。

演技には見えない。

そういうふうに見せるのが得意だってことはあるだろうか？と思うけど、その確め方がわからない。変に藪をつつくような真似をして無神経さで傷つけるようなことをしたくもない。

などと考えてるある夜、会社に状況を説明して部署を変えてもらって早帰りできるようになり、家事にも慣れてきて尚登とのルーティンも出来上がって俺自身の気持ちが落ち着いてきた頃、尚登が言う。

「ママの赤ちゃん、今いくつくらい？」

「あはは。お腹の中の赤ちゃんはいくつって数えるんでなくて何週目って表現するんやけど……」と言いかけてふと気づく。「あれ？……ちょい待って。ナオくんママの赤ちゃんのこと知ってたっけ？」

まだ九週目。自然流産の可能性が残ってるうちには少なくとも家族や親族にも話さないでおこう、と俺と義父母で決めてあったのに……あ。

思い出す。

発覚初日に病院で尚登の前で思いっ切り話し合ってしまったのだ。混乱してて忘れてた。アチャーって気持ちは尚登の返事でスッと飛んでしまう。

「ほやかてママに赤ちゃん入れたのナオやもん」

「……うん？入れたって、どうやって？」

「ピーって」

右手の人差し指を俺の腹に立てて見せる。

あはは、と子供の想像力に笑わされそうになっていたけれど笑えない。

尚登の右手の人差し指の先が光って俺の腹を灯して消える。

「うおっ！」

「あ、ごめん」

と言って右の手のひらでちょっと腹をこする。

「何今の」

「ごめんー。パパも赤ちゃん産めるんやなー」

「え？産めんよ」

「……ほうかなー」

「今ナオくん何したの？」

「赤ちゃん入れてもうた」

「パパに？」

「うん」

「入れられるの？」

「ピー」

「や、その……赤ちゃんの作り方はそんなんでないんやで？」

「そうなん？ほしたらどうやって？」

「え？や、それはまた大人んなってからわかるで」

「ナオわかってるよ。ナオが入れるんや」

「違う違う。ほしたらナオくんはどうやって生まれたんよ」

「あ、ほうやな。ほしたら別の子がピーってやったんかな」

「やあ、違うよ、パパとママが頑張って作ったんやで?」

「ほうなんかー」

違和感。

俺の言うことを聞き流してるような。事実も真実も自分の方にあるけどとりあえず表向き同意しておこうかな、という気配。

「……他にもナオくん、赤ちゃん入れたことある?」

「……わからんー」

嘘だな、とすぐわかる返事。

「正直に言うてみ?別に怒らんで」

「えー?」

「怒らん怒らん」

「ほしたらお庭見てみて?」

「うちの?」

「玄関の脇のお庭」

一瞬そんなのあったっけ?ってくらい関心なくて毎日通り過ぎるだけだったが……

確かに小さな植木スペースを作ってあったかもしれない。

尚登と一緒に行ってみる。ドアを開けるとポーチの明かりがついてその見事な花壇がワッと、音もなく爆発したみたいにそこにあって、虫たちの声を膨らましている。

「おお〰〰立派。これナオくんが世話してるんか？」

と俺が訊くと尚登が笑う。

「別に。ピーってたまにしてるだけ。見てね。ピー」

尚登が花壇にかざした右人差し指が光り、その指を花の隙間に突っ込むと草木に埋もれていた土を照らす。

そしてすぐに指先の明かりは消える。

「はい」

と尚登が言う。

「終わり？」

「うん。明日なら咲いてると思う」

「あはは……ホントかなー？」

なんだかファンタジーっぽい展開になってきたなーと大袈裟なジェスチャーで首を傾げてみせるけど、俺はドキドキしている。

俺は花壇の花を見る。

コスモスに似たオレンジ色の花がある。けどそれはコスモスではないようにも見える。花の種類なんて憶えたことはないし、違いなんかわからなそうだが……。

次の朝に確認する。

芽が出ている。

……五センチほども。おいおい。トトロがちょっとだけ跨いだり踊ったりしたみたいになってるぞ？

葉は丸い……ってだけで、これが何の花なのか草なのかわからない。

「これ、何？」

「知らない」

「ナオくんが植えたんやろ？」

「入れた」

そうだ。種や苗を挿したんじゃない。光る指をかざしただけだ。

「入れたらこれが出てくるん？」

「？」

「他のも入れられるん？」

「入れられる」

「ナオくんが欲しい花も？」

「……そういうのはできん。上から降りてきてそこに入るだけやで」

上？

「どこから？」

「空？」

「空なの？」

「知らん。見たことないさけ」

あれ？と今思い出す。


ママの体に光入った。


とあの大騒ぎの夜、尚登は言った。

「ナオくん、赤い光が三つ、ママの中入ったんやろ？あれもナオくんがやったんか？」

「うん」

「人差し指でピーって？」

「……違うー」

「どうやったの？」

「上から落ちてきた」

「光が？」

「うん」

「それをナオくんがママに入れたんか？」

「……うーん……。わからん」

「……ほうかー」

何が起こったんだ？

尚登が千鶴を妊娠させたのだ。

え？や、そういう表現だとちょっと妙だけど、でも、そういうことなのだ。なのか？本当か？花壇で少し不思議な現象を見た気になってるけど、四歳の息子の言ってることにすぎないのに真に受けていいのか？

いや花壇の芽は発芽から五センチ育つところをじっと見ていたわけではない。

昨日の指かざしの場所がその芽のところだったかどうかも怪しいといえば怪しい気もしてくる。

けれど……尚登の右手の人差し指が光るのは本当なのだ。

「尚登、もっかい指の光点けて」

「……嫌ー」

「いいやんかもっかい見せて？」

「……………」

無言のまままた花壇に手を伸ばそうとするので、

「あ、パパの目の前でやってみて。ちゃんと見せて」

と言うと尚登が困った顔をする。

「顔の前で？」

「そうそう」

「顔に赤ちゃんできてまうかも」

「えっ。そんな……」そんな力強い設定なのか？でもこれも笑い飛ばしていいからいいからやってみてというふうにはいけない。「ほれは怖いな」

「ん〜ああ、でも、大丈夫やと思うけど」

「顔には赤ちゃんできん？」

「ううん？ できるけど、サッとやればなくなるかも」

できるのか。

「サッとって……昨日パパのお腹拭《ぬぐ》ったみたいに？」

「うん。拭《ふ》うって？」

「布巾で拭くみたいにすること」

「うん」

「そうすれば赤ちゃん流れるの？」

「流れる？」

あ、そういう表現はまだ知らないし知らなくていいか？

「つまり、赤ちゃん出てくってこと？」

「なくなる」

「なくなるんか」

亡くなる？ 無くなる？

これは訊いてもまだ尚登にはわからないかな？ いや訊き方もわからないしどれほどの違いがあるかも不明だが。

「それ、前からできたの？」

「前からって？」

「ママに赤ちゃんできるより前から」

「ううん？できんかった」

「あれが初めてなんか」

「うん」

　ふう、とひと息ついて考える。

　もし尚登の言ってることと行なってることが事実なら千鶴のお腹の中にいる《赤ちゃん》とは何だろう？《ヒト》なのか？ちゃんと？指先から生まれたなんて……誰かの遺伝子を引き継いでるのか？

　せめて他の男と作ったなら半分は確かに千鶴の子なのに、これでは千鶴から《自分の子》を奪うようなことにならないだろうか？あるいは《誰の子でもない子》をお腹の中に埋め込まれたような気持ちにさせるんじゃないだろうか……。

　そもそもこの話、誰かに通じるだろうか？

　ただの言葉だけで通じるはずはない。尚登の実演がないと俺も信じなかったはずだ。

実演？

《赤ちゃん》を産ませる？

《命》を増やす？　指先で？

それは命か？　赤ちゃんか？

植物相手にしたってそんなことをしていいのか？　名前のわからない草にしたって生態系の一部になるのだし、尚登の生み出す生物がどんな性質を持ってるのかわからない。

「ナオくん、あのとき……最初の、ママに《赤ちゃん》できたとき、ナオくん怖かったって言うてたけど、今はもう怖くない？」

「怖い」

「ほれは……何が怖いんかな？」

「赤ちゃん」

「赤ちゃん怖い？」

領く。

「なんで？」

「……………？」

「赤ちゃんって可愛いが？普通なら」

《普通》なんてわからないか？それに四歳児にとって赤ちゃんが必ずしも可愛いかどうか……と思ってたら今度は頷く。

「赤ちゃん可愛い」

「あはは。ほやけどさっき赤ちゃん怖いって言うてたが」

「……ピーって出てくる赤ちゃん怖い」

「ああそういうことか。なんで怖いんやろう？」

「………」

うーん。「《赤ちゃん》が怖いんかな？それとも、《赤ちゃん》を作ってしまうことが怖いんかな？」

俺は花壇の《芽》を指差し、次に尚登の人差し指をトントンとつつく。

尚登も自分の人差し指を左手でトントン。

生命らしきものを作ってしまうことへの、本来的な畏怖というものが四歳児にもあるんだろうか？

それとも……それをかざしただけで俺の顔にでも《赤ちゃん》が生じるという理不尽なほどのパワフルさに怯えてるだけだろうか？

「ほしたら、この指ちょっと封じておこうか」

と言って俺は尚登を連れて家に入り、救急箱から包帯を取り出してくるくると巻く。

そうしてるとみるみる尚登がホッとしたような顔になる。涙が浮かび、頰を伝うが、本人は泣いてるつもりなんてなさそうだ。

「泣かんでいいよ」

と言ってしまったが、これは《泣くほど気にしなくていいよ》みたいなニュアンスだと思うけど、この場面で正しいだろうか？

花壇で生まれたたくさんの《花》。さっき尚登は『ピー』を楽しそうにやっていた。でも怖かった、というのは成立するだろうか？

まあ、するか？子供のやることだ。怖いことを試す。できることが嬉しい。あるか。

たくさんの《花》。

子供の遊び。

うちの花壇は小さい。これくらいで済んでるはずないんじゃないか？

「ナオくん、他にもピーってやったとこある？」

あるな、この沈黙は。「教えて？」

「……」

俺は公園に連れていかれる。茂みに猫がたくさんいる。大きな猫と子猫たち。そのとき見える範囲で数えただけでも家族が六組。

「これで全部？」

と《六組だけか？》と訊いたつもりだったけれど、尚登は別の公園に俺を引っ張る。そこでは猫家族が九組。

「多いな……」

と俺が言うと、

「子猫が子供産んださけ」

と尚登が言う。

「えっ？ナオくんの産ませた子がさらに子供作ったんか？」

「子猫に子猫」

「……ピーってやると子猫にも子供ができるんか？」

頷く。

「それで、いつ生まれるの？」

「夜寝て朝起きると」

一晩で発芽して五センチも伸びていた花壇の《芽》。

ピーの作る《生命》の力は普通じゃないのだ。

「全部、ピーってやった公園教えて」

連れ回され、全部で十三箇所。

自宅周辺歩いて十五分圏内のほとんど全てじゃないだろうか？

そんなふうにしらみ潰しっぽくなってしまったのには理由があって、尚登が行く先々でピーで《赤ちゃん》を増やすから出入禁止にされてしまっているのだ、そこで一緒に遊んでいた子供たちから。それで行ったことのない公園も開拓していく結果になったらしい。

ある公園では俺たちを見つけて急いで近づいてきた年長さんか小一くらいの女の子が

「この子、公園入っちゃダメなんです。子猫、もらってもらうの大変なんですから」

と言って、尚登にも

「命の大切さがわかるまでダメって言うたでしょ？」

と迫っていた。

尚登は俯《うつむ》いて応えない。

そうか、と思う。その通り。尚登の行為は《わかってない》のだ。遊びでピー。

俺は屈んで尚登とその女の子に視線の高さを揃える。

「ほうなんか。俺はこの子のお父さんなんやけど、さっき初めて聞いて、公園回ってるんよ。ありがとうな教えてくれて。尚登、この子の言うてることは正しいで？意地悪してるわけでない」

「あ、偉い」と女の子が言って、見ると尚登の包帯ぐるぐるの指を見つけたらしい。

「そうやっておきね？」と言うその子は正しい。

その公園を離れて次を目指す途中、尚登が言う。

「《赤ちゃん》産むのはあかんのか？」

「そういうことでないよ？」と俺は言う。「無闇にやることでないって言うてるんや」

「ムヤミって？」

「遊びで、勝手にやることとやな、例えば。ほやかってナオくん、猫ちゃんに頼まれたわけでないやろ？子猫くださいって」

「うん」

「そやのに子猫作ってもうたんや。猫が子供育てるのって大変なんやで？あと、その子猫を、他の人にもらってもらうのも大変なんや、さっきの子が言うてた通り。命が生きてくってのは大変なことなのよ。ほやで、面白半分に作るもんではないんや」

「大変やったら、やめたほうがいい？」

「いやそういうことでなくて……」

うん？と思う。

その《大変》は辛いとか苦しいとかの意味だけで捉えてるんだろうけど……今俺は『大変やけど生まれた以上は頑張って生きてかなきゃいけないもんなのよ』みたいなことを言って責任の話をしようとしていたが、俺の懸念は別にある。

「サッとやればなくなるかも」

「サッとって……昨日パパのお腹拭ったみたいに？」

「うん。拭うって？」

「布巾で拭くみたいにすること」

「うん」

そうだ。人差し指で作った《命》をこの子は拭って消すことができるらしいのだ。

どうする？

生んだ命を全うするという方向の責任の話を続けるべきなのか、その命の責任を取って消していくという始末の話にすべきなのか。

尚登の生んだ《命》とはどのようなものなのだろう？

さっき見た子猫たちに異常は見当たらなかったけれど、本当に間近に見て検分したわけではないし、そこにある異常が見てわかるものなのかどうかもわからない。

でも生きてるようではあった。

うちの花壇の《芽》やその他の《花》たちが確かに生きてるように。

ニャアと鳴いて《親猫》を追いかけ、他の《子猫》たちとじゃれあっていたのだ。

十三公園で百組ほどの猫の《家族》。

それらが尚登一人の指先で生まれたのか？

俺は公園の地面に座り込んでしまう。

そんな様子を見て尚登が
「パパごめんなさい」

と言って泣く。

でもその涙は悔恨とか反省とかそういうことには繋がらない、なんとなくああヤバい、くらいの涙だ。

放っておく。

《子猫》たち。

公園での遊びで作った《命》。きっとうちの花壇のように草花でも同じことをしただろう。虫や他の生き物でも遊んだかもしれない。

このとんでもなくおぞましい遊びを止められなかったことについて俺は尚登の親としてどんな責任を取れるんだろう？

と考えてふと気づく。

四歳児が歩いて十五分の公園に一人で遊びに行けるはずがない。

「ナオくん、ママ一緒に来てたんか？」

すると尚登が硬直する。グッと唇をかみしめて地面を睨んだままになる。

「ナオくん、怒らんで応えて？」

「ママでない」

と俯いたまま尚登が言う。

「ほしたら誰？」

「……」

他に誰がいる？義父？義母？千鶴の妹の玲子《れいこ》ちゃん？

ともかくその誰かは尚登のピーを知ってたはずだ。あれほど大っぴらに抗議をしてくる子供達がいるのだから。

でも千鶴と別居中の俺の家から尚登を呼び出したりできる人間はいるか？

義父母はともかく玲子ちゃんは俺とそれなりに仲良くやってるはずだし、不思議なピーについて黙っていられるような性格ではない。

その他には？

……考えつかない。

俺は尚登を見つめる。

地面をじっと見つめて何かを堪えてる表情。

尚登は誰とでも楽しく出かけられる子じゃない。人見知りは特に激しいってほどでもないけれど、普通にする。保育園に通うのを嫌がった時期も長かった。今だってたまに行きたくないと言う。

が、その頻度は千鶴が出ていく前とあまり変わらない。

……でもその変わらないってのがやはりおかしいんじゃないか？　四歳児は普段一緒にいた母親がいなくなればもっと寂しがったりするもんだ、というのを決めつけとか偏見とか思わずに、そういうものだと自然に思える通りに信じるとしたら、そして、尚登は落ち着いてて偉いなあみたいな気持ちが、俺という親が少し気持ち的に楽をしたいがための都合のいい解釈であるとしたら、……ずっと尚登が安定しているのは、俺の知らないところで普段通り母親に会えてるからじゃないか？

「ナオくん、ママと公園に来て遊んでるんやろ？」

と言うと尚登がビクッとして、それから首を振る。

「違う」

と言う。

でも違わないな、と俺は思う。ここしばらく俺も尚登と二人で暮らして少しはわかるようになったのだ。これも嘘だ。

どうして嘘をつく？

母親が自分の、他の子に非難を浴びるような遊びをしてるのを知ってて父親に内緒にしてることを秘密にしておくためか？

いやその非難を理解できているなら俺を花壇に案内しなかったしピーの話だってしなかったはずだ。

そうだ。尚登はバカじゃない。

ただわかってないだけだ。他の子供がわかるようなことを。

教えてもらってない。

母親がそばにいながら。

他の子を押しちゃダメ、喧嘩しちゃダメ、嘘をついちゃダメ、順番を抜かしちゃダメ、そういうこととは全然違う話だ。

命。

子猫に子猫を産ませて遊んでいたんだ。

そしてそれをちゃんと叱られていない。

母親は何をしてたんだ？

尚登を見ずに別のことをしてたんだ。

妊娠。

千鶴の奇妙な思い込み。

尚登の不思議な力。

俺は思いつくままに言葉にしてみる。

「ママ、他の男の人と会ってたかな?ナオくんが公園で遊んでる間」

思いがけない妊娠に実は心当たりがあったけど、自分の中で尚登の不思議な能力のせいにしておいて、それは尚登のための秘密だからそれを母親として守った……というところだろうか?

尚登が首をブンブンと振る。

「ママ、ナオくんと遊んでたよ!」

と言いながら涙がボロボロとこぼれて左右に散っている。

やはり千鶴がいたのだ。

で、また嘘をついている。そこが最後の守るべき砦なんだろう。母親と一緒に遊んでた、が嘘になるなんて。

でもこれ以上尚登から事実を引き出そうとするのはやめる。嘘を吐かせたくない。嘘を見破られるというショックを与えたくもない。ろくでもない事情を知らせたくは絶対ない。

俺は尚登を抱っこする。

「ママと遊んでパパが怒るはずないが。ほやけど遊び方については、まだいろいろ教えてあげなあかんな」

と言うと俺の腕の中でもう一度尚登が体を固くする。が、俺は追及しない。

尚登はまだ幼い。

色々教えてあげられてないのは親のせいだ。

責任。

興信所にお願いすると即座にいろいろ判明する。

不貞の事実。相手は同じ町に住む元彼だ。

五年前から今も続いている。

五年前？

DNA検査で尚登と俺の親子関係は否定される。

俺と別居してからはほとんど毎日逢っている。公園に尚登を置いて相手の家に入ったりもしているらしい。当然噂も広がっている。

そしてその公園に子供を連れてきている親たちに妊娠ブームが訪れている。喜んでいる人たちもいるが、急な妊娠が夫婦間、家族間で問題にされていたりするケースが多い。皆公園には近づかなくなっている。尚登の名前を出す親もいるが、流石に内容が突飛すぎてはっきりとした主張にはできていないようだ。

そして千鶴の相手にも奥さんがいて、彼女も急な妊娠をしている。それで安定期まで、と実家に帰っていて、その留守に千鶴は上がり込んでいる。

俺はその男と会う。想像していた話と少しだけ違う。

そいつは俺に頭を下げて言う。

「うちの嫁が浮気して子供作ったっぽくて、離婚の話になってて、……俺……すみません、僕が、辛いときに相談に乗ってもらってて、つい……」

俺がまだ手の内を明かしてなかったからだろうが、五年前からだと知っているんだよ、とよほど言いかけて、やめておく。

また妊娠だ。

もはや問題は千鶴の浮気などではない。

俺の雇った興信所が確認できただけでも千鶴の妊娠からこれまでの間に二十三人の母親が新たな胎芽を授かっている。うち双子が三組で、計二十六人の《子供》。

二十六人。

命。
《命》
命。
《命》
全てが点滅している。

俺は千鶴を久しぶりに自宅に呼び、会う。

尚登の親権を俺が求めていることはすでに伝えられている。

千鶴が拒否の姿勢であることも。

「二人目の子供ができるんやで？やり直そうさ」

と千鶴が言う。

予想していたことだけれども、そのセリフが出て急激な吐き気がする。

エロロロロロロロ。止められない。

「……臭い、けど、あはは。私は大丈夫やで？あれやろ？尚登と同じやろ？泣きすぎてゲロ吐いたんやろ？あんた別に泣いてないけど、泣く代わりみたいにゲロ吐いたんでないかな?」

千鶴が拭おうと手を出すのを引っ込めさせて、嘔吐物を片付けながら俺は言う。

「……あのときもチヅ、やっぱ理解できてたんやな」

「は?何が?」

「尚登が、ゲロ吐いたから泣いてたんでないってこと」

「……」


「ナオ、吐いてもうたんか。泣かんでええで?ママ掃除するで」

「吐いたで泣いたんでないで?泣きすぎて吐いたんやで?」

「マジで?ほえー」


ほえーじゃねえよ。

適当なトボけと誤魔化しと嘘ばかりだ。

すると千鶴が言う。

「……あんた、私のことすんごい見下すようになったな」

それについて応える必要はない。

のに
「どこに尊敬するポイントがあるんよ？」

と言ってしまう。

「あはは」と千鶴が笑う。「まああんたからしたらそりゃそうか。ほやけど私はあんたの子供の親なんやで？そんな、軽んじたりはせんほうがいいんでない？」

「……軽んじてなんかない。ちゃんと話がしたいからここに来てもらったんやろ？」

「話って、私にはすることないよ。あんたの言うこと、私は従いません」

「不貞の事実があるさけそっちの同意は要らんのやけど」

「離婚の問題はな？ほやけど尚登は渡さんし、これ争ったら私が勝つやろ？」

そうかもしれない。

千鶴が尚登を使ってやってきたことを俺は誰にも証言できないし立証もきっとできない。

別居中も千鶴は尚登に会いにきていたと、千鶴は主張できるかもしれない。

尚登が公園で放って置かれていたと証言できる人は公園には近づかなくなってしま

った。俺に協力してくれる人もいそうにない。尚登自身に証言させることは考えていない。

うん。

「ほやで、俺はチヅに、チヅがどんなにナオくんにとって有害かを知ってもらおうと思って」

「あはは！大げさやって！浮気ぐらい誰でもするが！それに、そんなもんはいっときのことってことで収めてる人もたくさんいるやろ？そんでそこんちの子供やかってまともに育つやろ？」

「浮気の話でない」

と俺が言うと、即座に千鶴も言い返す。

「他に私、何かした？」

「したやろ？」

「別に？私、ナオくんには何もしてないよ」

「したやろ。ナオくん使って他の人に迷惑かけたが」

「あはははは！おめでた続きの話!?あんた、聞こえてるか？《おめでた》なんやで？私にだけでなく、みんなにおめでとうって言うて回んねや！あはははは！」

恐ろしいことに、理不尽なことに、おめでたなのだ。

《生命の誕生》。でっち上げだとしても。

「ほやけどナオくんはちゃんとまだ追いついてないけど理解できてきてるぞ？その《おめでた》がみんなの迷惑になってるってこと。あと、自分がそれを引き起こしてることも、自分の母親がそれを強要してることも」

「強要って！遊びの延長や。子供は変なことするが」

「させてたんや」

「でもおめでたや」

「ほやでそのおめでたが迷惑やって理解できてきてるんやって」

「ほうかな？子供ができるって、無条件にありがたいことでない？」

「俺らに起こったことはありがたいことやったか？」

「………」

「別居して、今は離婚の話や。おめでたいか？」

「……雨降って地固まると申しまして……ね！」

「ね、じゃない。ふざける余地ないよ、今日これからするどんな話も」

「家族の話やで？私もふざけてるつもりないよ。でも明るく真面目な話もできるやろ?」

「これはできんで。チヅ、やったことシャレにならんで。どんな言葉で言うても軽すぎるくらい、今回のことは深刻やで」

「私のやったことはおめでたいこと。悪いことをしたわけではないやろ?ほんで、おめでたをどう処理するかは他の家の問題やが。お金を配りました。そのお金でトラブルが生まれたら、お金を配った人のせい?宝くじが当たりました。でもそのお金のせいで強盗に襲われました。宝くじが悪いんか?人に親切にしました。そしたらその相手に甘える気持ちが生まれました。親切が悪いの?」

随分ポンポンといろんなことを言えるじゃないか。

そう唱えてきたんだろう。

でもそれもまたトボけと誤魔化しと嘘だ。

俺は言う。

「最初の話はお金を配った人に責任あるんやで?二番目の話、宝くじはしょうがないな。ほやけど三番目は親切が悪いんや。チヅ、それがわからんのやろ」

「はあ……?なんか無茶苦茶言うてない?」

本気でわかってないのだ。

「宝くじは自分で買って自分が引き寄せたラッキーや。それが不幸に転じたからって他の誰のせいにもできん。ほやけど誰かが誰かに親切にする、良いことしようとする、優しくするってのは、好き放題にやって良いことでないんやで？どんなことにせよ、そういうときには今チヅが並べた通りのリスクがあるんや。ほやでみんな慎重になるんやで？当たり前や。大人になるまでにそういう加減を憶えて、現実的に問題が起こらないラインを見極めて自分の振る舞いを調整してるんやで？みんなが」

千鶴は瞳に穴が空いたみたいに見える程ぽかんとしている。

俺は続ける。

「子供ができることはおめでたいことや。自分で作ったならな。でもそうでなかったら全然別の話や。人に押し付けるおめでたが相手に迷惑になるなんて普通にありえるやろ？それチヅわかってるはずやろ？ほやかって今、まさしくその例を並べてくれたもんな」

「………」

「千鶴が親としてふさわしくない、有害やって言うてるのはそういうところや」

「……どういう……」

「わかってるはずのことを自分に都合良くわからんふりするところ。そんでそのわからんふりしてることも誤魔化そうとするところ。誤魔化すために嘘つくことも平気なところ」

「……！」

追い打ちをかけ続ける。そう決めている。

「さっきチヅ言うたが？『子供の親を軽んじるな』って。俺は親と親であることを決して軽んじてない。敬意を払うからこそ今はっきり言うわ。チヅには親は無理や。向いてないどころの話でない。資格がないわ」

「悪いところがあったら直すで……」

「直せるところでない。もともとないわ。悪いところって言うても何が悪いかもわからんやろ？」

「……教えてや」

「いいで？根本や。チヅは命を大事にできんのよ。ほやでいろんな人に気軽におめでた押し付けたりできるんよ。新しく生まれる命の話だけでない。もうすでにある命のことも全然適当やもんな。女の人たちのことだけでなく、その人らの周りにも家族とか友達とかたくさんいるんやで？皆生活してるんや。そんでその生活はそれぞれにチヅの命と同じ重さがあるんやで？それを乱しても壊してもでっち上げの理屈でへらへら笑って無視してるのがチヅっていう欠陥人間や。他人のことだけでないで？チヅのお父さんお母さんのこともチヅは大事にしてない。俺のことも、尚登のことも」

「ほやでこれからちゃんと……」

「そんなふうに簡単に言えるところがみんなのことを安く見てるって証拠よ」

「ほんな……ほんなこと言うてたら私、反省してもどうしたらいいん？」

「反省ってのはしたことにするんでなくて、本当にするんやで」

「わかったわかった」

「わかってないって。まあわかってもらえると思って言うてないけど、チヅにはわからんのや。反省ってのは、何が悪いかわかってからでないとできんことや。それがわからんチヅにはできんって」

「そんな……私、欠陥人間？」

「そう言うたやろ。でもまだ言い終わってないで？」

「もういいわ」

「諦めるんやろ？面倒臭くなったか？」

「いやそうでなくて……」

「そうでなくて、『もういい』って何よ」

「……そっちが凄い責めるから……」

「そんでこっちが酷いに持ち込むか？」

「……そんな行き先を塞ぐようなことばっかり……」

「ちゃんと追い込むって決めてるでな。俺は今回チヅには滅茶滅茶ボロボロになってもらうつもりなんよ」

「……なんで？」

「言うたやろ？親として敬意を払ってるんや」

「もう……、……」

「もういいってまた言いそうになったやろ。言い止《とど》まったから良いわけでないで？まだ自分に甘いってだけでない。いいか？チヅのあかんとこの根本が、そこや。自分のことを最終的にはどうでもいいとしてまうところよ。いやひょっとしたらそもそも自分のことをどうでもいいと思ってるからそうなってしまうんかもしれんけど」

「………!?」

「びっくりした？自分のことが大事で自分自分優先でやってきたつもりやったんやろ？違う違う。自分のことが大事な人間は周りのこと大事にするもん。それができるもんや。人のこと大事にできんやつは、誰に嫌われてもどうでもいいと思ってるやつで、それはつまり自分のことどんなに酷い目に遭ってもいいと思ってるんよ」

千鶴がいよいよそこから消えてなくなったみたいにして愕然としている。

千鶴の根幹を潰してしまったのかもしれない。

ほんの数ヶ月前までは何も問題なく一緒に暮らし、確かに愛していた相手をここまで追い詰めるなんて……と俺自身がどこかで悲鳴をあげるけれど、いいんだ、と俺はそれを削ぎ落とす。

繰り返した通りだ。

親としての敬意を持って、俺はこれをやってるんだ。ここに欺瞞はない。やり込めてスッキリとかも全然ない。

気持ちはひたすら重い。

俺はこの人のことが好きだったのだ。

こんな人のことを好きになっていたのだ。

でもこの人のことを好きになったおかげで今の全てがある。

「……チヅは、どうなってもどうやっても、何が何でもナオくんの母親や。でも、親としては失格や。それ、わかるやろ？」

俺は書類を出す。

離婚届。

子供の親権の欄は俺が書き込んである。

「これ、書いてくれや。他はいろんなこと、フェアにやるさけ」

千鶴は動かない。

動けない？それも当然だろう。

でも俺は待つ。

今日終わらせないと、千鶴がまた何をトボけて誤魔化して嘘をついてくるのかわからない。

で、二人で離婚届を挟んで無言のままじっとしてると、玄関の方でギッ、と音がする。

？

足音？

俺が立ち上がるのと、リヴィングのドアが開くのがほとんど同時で、そこに立っているのは尚登だ。

抜き足差し足でそこまでやってきた四歳児が、ブルブル震えて目に涙を溜めている。

「ナオくん……？」

俺の実家にいてもらってるはずなのに？

でもそんなのは大した問題ではない。

問題なのは、尚登の右手の人差し指の、あれからずっと毎日新しいものに換えながら巻いていた包帯が、今ないことだ。

指先はすでに光っている。

俺は千鶴を振り返る。

千鶴も目を剥いて尚登を見つめている。

でもそこにあるのは驚きではない。

千鶴が呼び寄せたんだな、と思う。パパにピーをしに来い、と。

どういう意趣返しなんだよ……と思いながら俺は屈み、尚登と視線を合わせる。

「ナオくん、パパに赤ちゃん産ませるんか？」

千鶴に言われてやってるって前提を外してしまう。

誰にやれと命令されたにせよ、やるのは自分なのだ。

「ナオくんはパパの赤ちゃん欲しいんか？」

尚登が首を振る。また涙がボロボロ溢れ、左右に散る。

でも可哀想じゃない。

尚登がここに来たのだ。

尚登の意思だ。

尚登の足で歩いてきたのだ。こっそりと、玄関から。

尚登の指だ。封印を解いて、むき出しにしてあるのは。

「ナオくん、もうここら辺で行く公園ないやろ。ほんで、今度はパパんところも来れんようになってもいいん？」

尚登が首をブンブン。パタパタと床を濡らす涙。

全然可哀想じゃない。

「遊びのつもりなんか？」

ブンブンパタパタ。

「ほんななんで？」

「ママが……」

「人のせいにするのはやめなさい」

「うっ、うううっ、ぐうううううううっ」

肩を震わせて本格的に泣き始めている。呼吸はもう後戻り不可能なヒックヒック。

「あんたに子供ができれば、私のことわかってもらえると思ったんよ」

　と俺の背後で千鶴が言う。

「?どういう理屈?」

　意味がわからない。俺にともかく何らかの負担を背負わせようとしたってだけじゃなくて?

「子供を育てるのは大変やし、子供をまた妊娠して実はショックや、……ってことに、……まあ、しようと思ったんやな。でもこれが、私のあかんとこなんやろ。何もかもが、全部私のせいや。ごめんなナオくん……」

　と余計なことまで言いだしたので俺は遮る。

「子供に起こったことは親二人の責任や。ごめんなナオくん。パパとママ、これからもっとちゃんとするで、……みんなでちゃんとしてこうな?」

　尚登が泣き崩れ、その熱くなって汗ぐっしょりの頭を俺は撫で、その背後で千鶴はじっと歯をくいしばるようにしてただ座っている。

　受け止めている?

　それは甘さだろうか?

　そうだとしてもそれのしっぺ返しを自分の責任で受け止めるしかない。

それがわかってればいいということでもないのだが。


俺と尚登の二人きりの生活が再開する。

千鶴が出産し、尚登の弟が生まれる。

普通の子に見える。千鶴の実家で俺の元義父母とともに生活が始まる。

千鶴の元彼の奥さんが過去の浮気に気づいて離婚になり、時間がかかるが元彼は千鶴と再婚する。

それからもう少し時間が経つと元彼が尚登の弟を苛めるようになり、尚登がそれを気に病んでるのに気づいて、それなりに迷うし周囲にはいささか突拍子もない行動に受け取られるけれども、俺がその子を引き取ることにする。

「あんた……本気かいな」

千鶴も驚く。

「うん」

それで少しホッとしすぎたのか、千鶴が余計なことを言う。

「そういうふうなのって命を軽んじてることにならんのか？」

どうだろう？

真面目な葛藤や計算をこなした後にしても、確かにまあいいや、ままよ、どうにかなるさ、みたいなところがあるかもしれない。それが根本にあるからこその迷いだったのかもしれない。

が、生きることに軽やかさを持ち込むことと命を軽んじることとは違うはずだ。

でもそのことを説明してもわかってもらえないだろうしわかってもらう必要もないから俺は何も言わない。

黙った俺を見て千鶴が
「ごめん、忘れて」

と言うけれど、本当にこいつは……としか思えない。

でもそれから千鶴は毎月養育費としてお金を振り込むようになったし、それは尚登の分も含めて二人分だったたし、休まず続けてくれているし、仕事を真面目にやってるって話も聞こえてくるし、落ち着いて暮らしてるらしい。

それでいい。千鶴にできる精一杯はその辺だ。

でもやらかした罪の償いには全くなっていない。

それにはおそらく何をしても届かない。

現実問題としては、内心において、この世のいろんなことと同様折り合いをつけるしかない。

その上で願う。バカの使った言葉だが、それに頼る他はない。

おめでたい出来事がおめでたいことになりますように。

雨降って地固まるというふうになりますように。

どのようなバカにも存在意義があって、この世の幸福につながるチャンスがそれなりにあるんだという俺の祈りが叶いますように。

尚登の指はもう光らないし、光らせ方を忘れちゃったと言う。

ああああ、ああああああ、そういうことが、たくさん起こりますように。

裏山の凄い猿

何がどうなってるんだか判らない。

一昨年うちの町に《西暁《にしあかつき》の子供を見守り隊》って制度が出来て、見守り委員会に選ばれただけの単なるご近所さんが中学生未満の子供の面倒を《どうしても親の手が足らないときに》見ることになった。

もちろん図々しい人たちの餌食になる。放置児を押し付けられて精神的に病む人たちが続出する。集《たか》り行為や窃盗紛いの強引な食料や物品の持ち去りなんかも起こる。特別厚かましい振る舞いがなくとも子供が起こしたトラブルがフィジカルな喧嘩や一方的な暴力に発展して怪我人や逮捕者まで出る。離婚や絶縁騒動までエスカレートする件も。預かった子供への虐待案件も発生したりしていよいよ町全体の空気が殺伐としてる気がする。しかし実のところ理解できないのはこの事態ではなく、どうしてこのような当たり前の結果がこの制度を作った人間に想像できなかったのかということだ。人は易きに流れる、バカはどこにでもいるしいろんなことを言う、恥知らずに言葉は通じない、薄っぺらい正論は毒である、親切心や優しさには限界はあるし負担の許容量は本人が思ってる以上に小さく、時にはたった一言、ちょっとした振る舞いですら我慢できないのが人間なのだ……という常識って、学校で習わないからって知らないものだろうか？

などと既に呆れまくってるところに妙な噂が聞こえてきて、ほとほとこの話題に付き合うことすら面倒になる……。隊員に任命された若い奥さんが職務放棄してたら見守り対象の近所の子が行方不明になり、集落の人たち総出で探したら三時間後に山の中で見つかったはいいが、どうやらその間その四歳児の面倒を見ていたのが山猿だとその子とその子の第一発見者が主張しているらしい。しかもその猿が人語を喋ったようで

「悪いカニが悪戯してたから病院に連れてってあげなさい。カニはしつこいからしばらくどこかに隠しておくといい」

と言ったのだ、と城野直美《しろのなおみ》が言う。城野は俺の同級生で今は福井市の印刷会社でアシスタントディレクターとして勤めていて実際にその話を聞いたのは城野の兄の大麦《おおむぎ》くんで、知らない人じゃないけれど確かめに直接話を聞きたいという気持ちにはならない。大麦くんが鉄塔の足元で猿から受け渡された四歳児は眠っていて、《カニ》の姿も《悪戯》の内容についても憶えてないようだが、猿に言われた通りに病院に連れ

ていくと体内から苔玉のようなものが見つかった。のようなもの、というけれども丸めた土に楓の苗が植えられていたし、土の球は隙間なく苔で覆われ、蔦でぐるぐる巻きにされていたのでほぼ人が皿に載せて飾ったりする苔玉そのもののようだった。苔玉は胃と肝臓の間に押し込められていて、それを入れたときの傷口などはどこにも見当たらなかったらしい。

「すげーやろ？」と城野が笑う。「ほやけどもっと凄いのは、その子の母ちゃんが全然ビビってないのー。また見守りお願いしようと思ってるみたい。病院にも来んかったし、子供のこと全く気にならんのやな。お父さんの方が慌てて子供のこと隠すために親戚に預かってもらってるんやって。可哀想やわー」

うん？と俺は思う。そこはガソリンスタンドで、たまたま向かい合わせで給油していて、満タンまで二分ほどの立ち話だった。

「いやその子が可哀想なのはそうやろうけど、不思議ってことじゃねえ？この話のポイント」

「猿のこと？」

「カニのことも。つかいろいろもっと」

「あーまあなあ？そりゃまあなんか、不思議って言えばそりゃ不思議やけど、山ん中のことやし、なんかありっちゃありそうじゃない？」

俺はしばし言葉を失う。何も言うことはない。不思議なことを不思議のままでいいというのならしょうがない。

「その見守り制度、はよ無くなったほうがいいんでないの？今回の事故っつーか事件で、さすがに問題になってるんやろ？」

「なってるけどほんなもん、無くならんて。問題はずっといろいろ起こってたけど見守りが必要な人らがいるんやもん、お兄が見つけた子のお母さんも、『山ん中に頭のいい猿がおるんやったらなお安心やわ』『カニのことは誰かに退治してもらわんと困るけど』って言うてたんやで？謎の猿がセーフティネット代わりやもん、もう。浬しいわあ」

「いや浬しいって言うか……」浅ましい、だろ。そして浅ましい人間は、言葉の上だけでも理由がつけられそうなら誰にでも何にでも縋りついてくる。確かにそういう奴らにとっては《誰か手の空いてる人が子供の面倒を見てくれればいい》だし《人語を喋るまともな猿なら子供の面倒を見てくれればいい》なんだろう。

そういう奴らがいるのを踏まえなければ。

「アホがアホな制度作るであかんのやな。気軽に人助けなんてしようとするもんでないってことや」

と俺は言うが、ふん、と城野は鼻白む。

「困ってる人を助けようって気持ちがなくなったら社会は終わりやわ。ほれにあんたは絶対結婚できんわ」

おい二言目に反論できないから一言目へも言葉を飲み込んだけど、そういう気持ちがないわけじゃないんだぜ?そういう気持ちが要らないと言ったわけでもない。気軽に、というところがマズいんだ、人助けはやり方が肝心だということなんだよ……などと城野に必死に言い募るのもしかしバカらしいので

「Marriage is not for everyone」

と俺は言う。そもそも結婚なんかに絶対的な《意義》や《価値》なんか無いんだ、そういうのを人に押し付けるような真似はよせよ、ということなのだったが、通じてはなかっただろう。城野は笑って給油を終え、支払いを済ませ、「ほんなね」と言って車に乗り、去る。

俺も城野も二十六歳。同級生のうちの何人かはすでに結婚して子供もいる。結婚式にも出たし、祝った。結婚はお祝い事だ。

それはつまり結婚に《意義》も《価値》も、城野には《無い》なんて言いながらも

俺自身実際には《ある》と信じてるってことになるだろうか？

よくわからない。

まあでも結婚に絶対的意義や価値をあるとすることはしたくない人やできない人を認めないということになりうるから、そうしないでおく、ということなのかもしれない。あらゆるものにおいて色んな考え方や感じ方があるから、どんなことにおいても絶対的意義も価値もないとしておくことが無難なのかもしれない。それで皆が幸せなのかもしれない。

でもそうすることで、絶対的意義や価値を信じてる人の気持ちや感覚を損なうことはあるだろうか？

どうだろう？別に自分がどう感じてるかだから、他の人がどう捉えていようが関係ないんじゃないかとも思うけど、真面目な恋愛をしてる人が不倫だの浮気をしている他人のことを許せないのと同じように、何らかの脅威を感じたり相手の内心や選択を攻撃したくなるかもしれない。

まあ人の考え方はいろいろだからな、として放り出しておくのも、ある意味無難な振る舞いにすぎないのかもしれない。

いやそんなことじゃなくて、俺はどうして結婚できないなんて……それも絶対できないなんて言われたんだろう？

城野に？

城野だってできんのかよ？って、それは俺への評価とは別だけど。

いや、俺も当たり前にできるんじゃん？

と漠然と思っているけど、そう言えば学生時代には付き合ったりした女の子がいたけど、社会人になってから全然彼女とかできたことないし、できそうな気配もなかったな……と給油を終えてから自宅に帰りつつ気づく。いや本当に、自分に彼女がいないということに気づくこともなかったのだ。

ちょっとびっくりするけど、いや仕事が忙しかったし、普通じゃないか？とも思うが、よく考えたら同期の奴らとか同級生たちも別に彼氏彼女当たり前にいるし、俺の目の前で彼女が最近冷たいとか彼氏に会えなくて寂しいとかそういう相談だか愚痴だかのろけだかわからない話を散々聞いてもいたのに、それを自分の身に並べてみることをしたことがなかった。ワイワイと話し込んだだけだった。

まあ、別に欲しいと思ってないならいなくてもいいけど。

いや、いやいや、そうか？いつか欲しいと思ったときに本当にできるのかって問題もあるけれど、そもそも欲しいと思う日が必ず来るのかもわからないじゃないか。

俺はそういうのが枯れちゃったりしてないだろうか？二十六で？……それはないはずだろうと思うけど、根拠はない。

あれ？枯れちゃった、ということを認めたとして、それに焦ったりしなさそうな自分もいるけれど……。いいのか？

まあいいか。欲しい、と思って作ってもろくなことがないもんじゃないだろうか？そうだ。俺は彼女が欲しいから彼女を作るんじゃなくて、誰かを好きになったから彼女になってもらうってふうに生きるのだ。そうしよう。それが当然だ。

つまり出会い待ちだ。

……西暁町という山と田んぼばかりののど田舎で、直接の知り合いか知り合いの知り合いしかいないような場所で、出会いなんてものが起こるかどうかはわからないけれど。

……それを認識しているのに慌ててないところもまずかったりするだろうか……？

などとどうしようもないことでそれなりに悶々としながら家に入って夕食の時間になり、父親と母親とすき焼きを食べながらここでもワイワイやっていて、

「そう言えば俺、同級生に絶対結婚できんって言われたわ、今日」

と話すと、母親が微笑んだままじっとこっちを見る。

「………」

「え、何か言おうや」

「あんたいくつやっけ?」

「二十六やけど。母親やったら憶えておこうぜ」

「いやそういうのはもう私気にせんことにしたで」

「えー。そんなもん?」

「私はな。あんた、結婚したいような人、おるんか?」

「今はいんけど」

「後からできそうか?」

「えっ。それはできるんでない?やっぱり」

「何でやっぱりよ。できん人もたくさんおるが」

「いや理由とかはないけど、できるやろ〜」

「まあ、結婚はな。あんた、好きな子はいる?」

「いや、いんって」

「結婚したい人じゃなくて、好きな人もいんのか。これこの二つ、別もんやでの」

「や、母ちゃんから恋愛指南して欲しいとかじゃないんやけど……」

「ほやけどあんた、私とお父さんの子やで、気になるんや」

「母ちゃんと父ちゃんが結婚できたんやで俺もできるやろ」

「あんた、これまでに誰か好きになった女の子おる？」

「え？中学んときから高校とか大学でも、一応彼女いたけど」

「ほうか。その子らのことちゃんと好きやったか？」

「え？何でそんなこと訊くんよ。恋愛指南なら要らんって」

「そんなことでないよ。あんたが人のこと好きになれるんかなと思って」

「えっ、ちょ、うぇー、どんな心配されてるんよ俺。別に普通やって、何でも」

「あんたかって人生生きるの初めてやろ？普通なんて知らんやろうが」

「やー知ってるやろ。周りと似たようなもんなんやで」

「ほんで、その、子供んときに付き合った子らのこと、好きやったか？ちゃんと」

「ちゃんとってどういうことよ。えー？好きなんて、普通に……会ってて楽しいとかそういうことやろ？」

「ほんなん男の友達やかってそうやんか。ほやけど彼女と男友達とは違うやろ、当然」

「うん〜〜？そう？まあ、彼女と遊ぶことはデートやし、男友達と遊ぶのは、純粋に遊びやわな。つるむ、か」

「呼び方の違いでなくて、内容の違いよ。彼女と遊ぶときは胸がドキドキしたりとか、何でもないことが感慨深かったりとかするんでないの？」

「え～～？それ、決まってること？」

「……まあ、決まってないわな」

「うーん。まあ、ちょっと緊張してたけど、ドキドキを間違えてたんかな。本当は彼女と会えた嬉しさでドキドキやったんかな」

「どうやろの。あんた、その子らとどうやって付き合うことになったんよ」

「やー別に？告白されて」

「みんな？あんた自分から言うたことないの？」

「ないわ～。そんなん、パターンによるんでない？俺、モテるってことかな？」

「……ほんで、何で別れることになったんよ」

「やあ、まあ、いろいろ」

「そのいろいろについて訊いてるんよ？」

「マジでー？ほんなもん、浮気みたいなんされたり、連絡が空いてっていつの間にか、みたいなんやったり、他の奴のこと好きになられたり、とかかなあ」

「あんたが振ったことは？」

「ないよ。俺彼女のこと大事にするほうやもん」

「大事にするってどんなことよ」

「あー？浮気せんとか、そういうことでないん？優しくするとか？」

「んなの何もしてんのと同じやんか。ただ付き合ってるって状況維持してるだけやろそれ」

「やっぱ恋愛指南やんか。何で母親に……」

「恋愛指南なんかでないって。私らほんなことできんもん」

「ほしたら何？これ？つか俺が絶対結婚できんって言われたってのが主題で……」

「ほやでその話をしてるの」

「付き合い方に問題があるってこと？」

「もっと根本や。あんたが人のこと好きになれるんかなって確認しようと思って」

「えっ、それは、なれるんでない？俺人のこと好きやで？」

「あんたは友達は多いかもしれんけど、友達なんか、優しくしてけば増えるでな。ほうでなくて恋愛の意味の《好き》やって。結婚できるかどうかやろ？」

「ああ。ほうやけど。え？どういう意味？」

「あんたは女の子のことを恋愛的に好きになれるんかなってこと」

「や、それ文脈で判ってるけど何でそんなこと疑うんよって」

「どうなん？」

「ん〜？昔の彼女のこと？」

「ほうよ。さっきも聞いたけど」

「それは好きやったんでない？」

「友達のこと好きとかみたいじゃなく？」

「友達とはチュウとかせんが。何でこんなこと話してるのかわからんけど」

「あんたがもう二十六やで言うてるんやで？ほやでもっと言うけど、性欲は恋愛と違うのは判ってるやろ？」

「あはは凄いとこ踏み込んできたけど、うん」

「それ踏まえてどうよ。会ってないときにあの子どうしてるやろうなあ、とか、今度どこどこ一緒に行きたいなあ、とか、ずっとちゃんと付き合って、結婚とかできたらいいなあ、とか、そういうのあったか？」

「えー？ほんなもん……学生時代にそんなこと思う奴いる？結婚とか、そんなとこまで考えんやろ。つか学生んときの付き合うとかってそういうことでなくて、なんか、試してみました、経験してみました、みたいなもんでない？」

「同級生の子で、高校とか大学から付き合っててそのまま結婚した子とかおるんでない の？」

「いるし、中学からのカップルもいるけど」

「ほら」

「いやほらでなしに。そんなんレアな話やろ」

「ほうかもしれんけど、あんたの話や。そういうふうな付き合い方はしてんかったん やろ？」

「まあそうやわな」

「できんかった、ってことでないか？」

「ええ〰〰？それはもう、俺には判断できんし、たまたまでない？」

「たまたまでないかもしれんで言うてるんよ」

「何で？何でそんな話になるん？どういうこと？俺の性格そんなに問題あるん？」

「あんたの性格ではない。あんたの遺伝子が怪しいってこと」

「はあ？」

「私とあんたのお父さんも、人のことが上手に好きになれんかったさけ」

「うん？他人のことがどうでも良かったってこと？」

「ちゃうちゃう。恋愛的によ」

「お互い出会うまでは人のことが好きになれんかったって話？」

「ううん。私もお父さんも、結婚までしたけど、別にお互いに好きになったわけでないってこと」

「はあ？どう……」

「二人ともがそういう質やって気づいてたで、お父さんと会ったとき、他の人に迷惑かけんように、あとお互い自然に、できるだけ正直に生きていけるように、結婚することにしたんよ」

「え？お見合いとかじゃないんやろ？」

「うん。大学で知りおうたよ。友達やったけど、社会人になって、三十んなったときくらいから、二人でヤバイなって話になって、付き合うことにしたんや。両方のうちの、あんたのおじいちゃんもおばあちゃんも孫欲しがってたし、私らのこと心配してたでな。結婚して、子供だけ作ろうってことになって。ほんであんたができたんや」

「……ええ？偽装結婚みたいなこと？」

「偽装は、結婚だけでないで？」

「えー？何よ」

「あんたにこんなこと言うのは可哀想やけど、あんたが生まれたとき、どうなるかなあと思ったけど、私もお父さんも全然変わらんかって、結構残念やったんや。あんたのせいでないよ？あんたも大変な赤ん坊やったけど、まあ世話自体は大したことなかったでな。あれって、子供が泣くやろ？ほしたら親としては辛いはずなんよ。ほやけど私ら辛くなかったから、子育て自体は大したことなかったわ。赤ん坊を泣かせたらあかん、みたいな罪悪感みたいなんがないと、多分だいぶ違うんやろな。ほやけど面倒は面倒やったで、夕方あんたがギャンギャン泣いてたとき『別にあんた今ここで死んでもええんやでえ』て言うてたら、お父さんがそれ聞いて、あんたのこともうちょっと、頑張って愛情あるふうに育てようって言うたの。『この子に罪はないから』って。ほんで、私もそうしたんや。人のこと愛せる子になったほうがいいんやろうとは思ってたで。ほやけどまあ、どうやろ。あんた、もし私らみたいになってたら、もしかしたら、まあないやろうけど、遺伝ってこともあるんかもしれんし、教育がやっぱ上手くいってなかったってことかもしれんし、どっちにせよ親のせいってこともあるかもやで、ごめんな？」

いやこの話をぶっちゃけたことを謝ってくれよ！と思ったけど、それは言えなかった。

人を愛せない親の、人を慮ることができない人間なりの、子供に対する誠実さってことなんだろうから。

ともかくその夜のすき焼きは食えなかったし、もうずっとすき焼きは食べれそうな気がしない。いや食えるかな？わからない。食おうという気持ちがたまたま起こってないだけかもしれない。

父親は

「お前が二十六やで言うたんや。話が理解できるやろうし、結婚とかもしたいんやったら色々考えなあかんやろうし、自分の状況とかを踏まえて相手を探したほうがいいでな。お前、絶対結婚できんって言われたやろ？それは、どんなことにせよお前に問題があるってことやろうで、もし結婚したいんやったらそれを洗い出して対処せなあかん。んで、俺らの経験から言うと、振る舞いってのは対処ができるさけな？結婚もちゃんとできるで、あんまり心配せんでもええ」

とだけ言った。

「ほうか」

としか俺は返事できなかったが、ご深慮ありがとうとでも言ってやるべきだっただろうか？

違うな。親に嫌味を言っても始まらない。

こういう場面で皮肉っぽくなるところが俺が《対処》すべきポイントかもしれない。

で、それからしばらく落ち込んでいるようなただ呆然としているだけのような時間があって、それから土曜日の朝、俺は城野直美に電話する。

「おーどうしたん？おはよう」

「おす。あんな、前にガソリンスタンドであったとき、ちょっと話したの、憶えてる？」

「あー会ったのは憶えてるけど」

「話したことの内容は憶えてないか？」

「何話したっけ」

「俺の結婚の話」

「はあ？あんた結婚すんの？」

「いやそういうことでなくて、一般的な、結婚についての話」

「あんたと？そんな話せんやろ」

「それについてがっつり喋ったとかじゃないんやけど、まあ、ひと言、城野が俺に絶対結婚できんって言うたんよ」

「ええ？私が？全然憶えてえん」

「言うたの。ほんで、何でかなーと思って」

「はあ？いや、あははは。何で私そんなこと言うたかな？どういう話の流れ？」

「それは俺も憶えてない」

「あはは！ほしたらなんか、偶然ひょろっと出てきた言葉ってだけでないの？あんまり気にする必要ないよ。つかごめんな。傷ついた？私全然言うたって気がせんけど」

「いや城野に言われたことで傷ついたってことでは全くないんやけど、その後ちょっと思うことがあって」

「あ～！あの、凄い猿の話したときか！思い出したわ。子守の猿の話。あのとき話に出てきたカニがもっかい出たらしくて、こないだの子とは別のおじさんが行方不明になってるんよ。山ん中で、もう四日間も」

「なってるって、今まだ行方不明ってこと？」

「ほうや。今日が五日目や。なんか猿を探しに行って、カニに攫《さら》われたんやと」

「何じゃその話……とんだ猿カニ合戦やんか」

「あははは！別に猿とカニは争ってないと思うけど。あれ？やっぱ争ってるんかな？間接的に？」

「いやそんなことはどうでもいいさけ……そのカニに攫われたって話、誰か見たんか？」

「いや見てないよ？」

「ほしたら普通に遭難してるだけかもしれんやろ」

「いやそのおっさんを探して、村の人らで捜索隊みたいなのが組まれたんよ。ほしたら山ん中であの凄い猿が出てきて、カニが攫ったって教えてくれたんやと」

「へえ」

「ほんで今猿も一緒に探してくれてるみたい」

何だそれ、と思う。「優しいが」

「ほんまやって。やっぱ頭のいいもんは優しいの」

でもその凄い猿とやらにいいように操られてるという可能性だってないだろうか？

悪いカニなんて本当はいなくて、最初の子供の苔玉も実際は猿が入れたんであって、今の行方不明のおじさんもカニじゃなくて猿が攫って隠し、別の捜索隊のおっさん達を山の奥に引き込んでるんじゃないだろうか？何らかの意図を隠し持って？

「つか同じ町の人が行方不明でかなり騒ぎになってるのに、何であんた知らんの？」

「や、ちょっと引き籠もってたから」

「あんた〜。大丈夫か？仕事は？」

「行ってたよ」

「ほしたら引き籠もりでないが。仕事場であんまり話題になってなかったか？」

「わからん。会社に友達なんかいんで」

と自分で言ってギョッとする。そうなのか、俺は会社に友達がいないのか……。そういうのも欲しいと思ってないから作ってないだけだろうけど、いまの俺にはその《欲しいと思ってない》がヤバい気がする。


私とあんたのお父さんも、人のことが上手に好きになれんかったさけ。

うちの親に友達はいたのだろうか？本物の、心を許せる、預けられる友達は？いない気がする。

友達付き合いをしている相手は多いかも知れないが、友情だって本物じゃなかったんじゃないか？

あんたは友達は多いかもしれんけど、友達なんか、優しくしてけば増えるでな。

《あんたは》という言い方。《あんたも》とかじゃなくて。

それに**《優しくしてけば増えるでな》**。

《友達なんか》。

これらはまともな友情なんて持ち合わせてない人間のセリフなんじゃないか？

と言うか《友達なんか》は今俺も言ったか……。別に友達というものを軽んじてるつもりはなかったが。単なる言い回しに拘泥しすぎだろうか？

「あんたほんまに大丈夫か？なんかシーンと黙りこくってもうてるけど」

と城野が言う。

俺は改めて訊く。

「俺が絶対結婚できないって、何で?」

「あはは!そんなこと、私が言うたんやろうけど、気にせんといてって。つかどんな話の流れやったっけ?猿の話してたやろ?」

「そんで、……見守り隊がそもそもおかしい、みたいな話で、そんですぐや。ああ、俺が見守り隊みたいなアホな制度を作るのがアホだみたいなこと言ったら、」

思い出した。


困ってる人を助けようって気持ちがなくなったら社会は終わりやわ。ほれにあんたは絶対結婚できんわ。


と城野がなんだかズバッと言ったのだ。

「おお、正しいやんか」

と城野は笑う。

「いやだから、どういうことかな、と訊いてるんよ」

「つかほれに対してあんたはどう思ってるんよ」

「俺？　絶対結婚できんってのは呪いみたいになりそうかなとか……」

「いやそっちでなくて困ってる人助けなきゃってほう」

「そっち？　ああ、言葉としては正しいけど、見守り隊って制度がアホであるってことは関係ないと思うよ。つまり、動機は正しいけど方策がおかしいってのはよくあることやが。俺は方策の批判をしてるのに城野は動機の正しさを言うてるんやろ」

「ああ、まあなー。ほやけど今の見守り隊やかって、試行錯誤の一つやんか。子供の世話の手が足りんってことで行われてることやろ？　やり方に不備があれば改善すればいいやん。今はまだ上手くいってないだけで、完全にダメかどうかはまだわからんやろ。実験中みたいなもんで、結果がイマイチやからって完全にダメってことではないんでない？」

なるほど、と思う。「そういうふうに言われるとそうかな」

「つかあんた、制度が上手くいくかどうかばっかに着目して、見守りが必要な人とか、それを助けてあげようとしてる人たちのことについては完全無視してるもんな。アホにしてるだけで」

「え……？」。俺はドキッとする。ドキッとしている。

「言うたやんか。見守りが必要な人がおるし、見守り隊に助けられてる人もいるんやもん。制度は、ちょっと図々しい人がいるからってなくならんて。つかあんたはそういう図々しい人の存在が嫌いなだけやろ。そういうのが気になるさけ、いっそ全部その制度やめてみたら？みたいな話になったんでない？あんた」

「……鋭い指摘かもしれない」

「その通りやと思うで？ほやけど見守り隊をなくしてまえば、当事者でない他人としては鬱陶しい問題は聞こえてこなくなるやろうけど、困った人はちっとも助けられなくなるんやで？そういうこと考えてないところがあかんと思うの、あんた。優しさより正しさが先行するような感じ。結婚て、奥さんと二人で話し合ったりしながらやってくもんやろ？そのとき奥さんに対してじゃなくても、誰かに対する優しさより在り方としての正しさを求められたら辛くなってくんでないかな」

「………」

「なんかあんた、私にこう言われるとそれが正しく聞こえるから言い返せないだけで、それがまた、あんたの言葉への拘りの表れやと思うで？そういうのが強すぎなんよ。私の言ったことにずっと引っかかってたりして」

「いや、それは他にも要因があるけど……」

「他にも誰かに何か言われたの?」

「……うん」

「でも、それ、言われただけやろ?」

「……あ、……うん」

そうだ。俺は母親にあれを、言われただけだ、ずっと育ててもらったという事実は何も微動だにしていない。

「やっぱな。あんた、もっかい言うけど、言葉ばっかなんや。それはそれで大事やけど、もっとなんか、あんたにとっても楽で、より良い、寄り添うものがあると思うで?」

「……城野って、凄いな。こんな子やったっけ?」

正しい!!正しさで人を貫いてしまうなんて……!!!

ところが「違うよ?」と城野は言う。「あんな、今私も実感してたけど、これ、私が鋭いとしたら、あんたのおかげやわ。なんかな?あんたと喋ってると、あんたみたいに正しさみたいなもんを追求したくなるんよ。何つうか、言葉がこなれてくるみたいな感じがあるの。ほやけど私、普段はこんな喋り方でないで?もっとふわっとしてるもん。楽しい方に向かうし。あんたはずっと、何やろう何やろうって正しさを探ってるもんな。人って凄いな。付き合ってる相手とか、接してる相手に、言葉とか考え方があっという間に影響されるんやな。あはは」

そういうことなのか。

そういうことなんだろうな。

と俺も納得しかけるけど、しかしこれも接することによって影響されてるだけかもしれない。

もう判断がつかない。

「私が思うに、」と城野が続ける。「あんたはもっと普通に、ゆったり構えたほうがいいと思うで？正しさなんかどうでもいいやんか。人に優しいとか、人と楽しいとか、そういうことの方が大事やで？私に言わせると、やけど」

「そうかな……」

「それはそうやろ。大体正しさって何なん？この世はいろんなほころびのあるところなんやで？制度には抜けがあり、人には図々しいとこがあり、山には不思議な猿とカニがいるんやで？あはははは！」

そこで笑えるところが城野みたいな子の……普通の子の強みか。

「……なるほど」

と俺がつぶやくとまた城野がビシャリと言う。

「なるほどでないって。あんたはまた言葉でしか納得がいってないやろ」

「ええ……？」と俺は思わず狼狽える。「もう、そんなふうに言われたらどうしたらいいか……」

「あはは！わからんわな。あんたはまだまだ優しさが足りんということよ！今さっき言うたやろ？おじさんが一人山ん中にカニに攫われてて、捜索隊が出てるんやで？言っとくけど大麦くんはそれに参加してるでな」

「ええ……？俺も行けってこと？」

「行くもんでない？心配やろ」

「城野は？」

「私は女やが」

「はああ？そこで女を持ち出すの？」

「そういう正しさもいいから。女の子が危ない思いするのは良くないと、男の子は思うもんやろ？」

「そんな決めつけ……」とここで言い返したくなるのが俺の良くないところだろうか？「まあいいわ。どこへ行ったらいいんかな？」

「大麦くんの電話番号教えてあげるわ」

「うん」

教えてもらう。

でもかけない。かけようとした手が止まったのだ。なんか違う、と思う。

何だろう？

少し考える。

わかる。

ここで大麦くんたちに合流するということは、そこで捜索を手伝う凄い猿とも出会うということだ。それに、山に入って探すのは犯人のカニということにもなるだろう。

城野が俺と電話してると言葉に影響を受けたように、そういう不思議な事象に付き添うことで俺にも何か変化が起こるんじゃないのか？と思ったのだ。言葉がこなれるようなことがそこで起こるとすれば、不思議に対して慣れるというだけでなく、不思議を自分の世界観に取り込むことになるんじゃないのか？

人語を話す凄い猿？

人の体にイタズラに苔玉を入れるカニ？

近づきたくない、と思う。そういうのは俺の世界に要らない。

でも俺は優しさを発揮しなくてはならない。俺の優しさを鍛えなくてはならない。

そのために俺はおじさんを、別の方法で探すべきだ。

俺は車で出かける。駅前のコンビニに行く。レジのおばさんに行方不明なのは誰なのか訊く。

植芝幸太《うえしばこうた》。四十二歳。

別の情報ももらえる。

植芝さんには啓太《けいた》という兄がいて、啓太さんは六歳くらいのときに行方不明になって、どうやら星《ほし》の川《かわ》に遊びに行って流されたというのが皆の見方なのだが遺体も目撃者も見つからず、そのまま時間が経って正式に死亡扱いになってしまったらしいのだけれど、幸太さんはその凄い猿というのが啓太さんじゃないのかと疑っていたらしい。それを確かめに山に入ったという話だ。

人語を喋る凄い猿を捕まえてお金にしてやろう、みたいな単純な想像をしていたのだけれど、ひょっとして金銭目的みたいなつまらない理由では、暗い、不思議な山の中に、人は入ったりしないものかもしれない。

俺は植芝家を見つける。捜索隊の一部らしき作業着の男が数人玄関前で話し込んでいたし、おそらく家族を支えようとしている近所の人だろうけど、女性が大きな鍋や食材らしき荷物を持って玄関を出入りしていたのですぐに判った。女の人たちは捜索隊への差し入れをそこで仕込んでいるらしい。玄関は人の出入りが激しいからだろう、開け放たれていて、中で忙しそうにしている女性たちの声や料理中らしき物音が聞こえる。

さて、と俺は思う。植芝家の玄関前。星の川は俺がやってきたコンビニのさらに東を南北に流れている。そして捜索隊が入っている山は植芝家を挟んで西側で、正反対だ。

星の川に流された啓太さん六歳が山に現れるという発想はいささか不自然じゃないだろうか？川に鮎の姿で、みたいな話なら分かりやすいのに？

自転車に乗ってやってきた制服警官を見つけて訊いてみる。

「あんな？もう四十年前とは言え、ここの家の人はまだ生きてなさるし、昨日のことのように苦しんでなさるんよ。あんたは関係ない人なんやろ？余計なこと探ろうとせんと、そっとしときね」

とあっさり真っ当に窘められてしまう。

うーむこれがバツの悪い思い。しかしカニが関与してるとみられ猿が参加してる行方不明者捜索だ。ただの近所の若者とは言えもう少し話を聞かせてもらってもいいじゃないかという気もするが、圧倒的にさっきのセリフは重い。

「でもお兄さんが川で亡くなったんやったら川に探しに行くでしょ?なんで猿になったんかと思ったんですかね?」

俺が一応食い下がると警官は言う。

「兄弟の死を信じられなくて、必死に摑んだ藁代わりの空想やろ。なんで、って、これこれこうでみたいな言葉では説明はできんやろ」

その通りだろう。

警官によれば、捜索隊にも飛び入り参加は当然できなくて、届出と許可が必要だそうだ。

別にいい。山は怖い。猿が人に指図してるようなところに近づく気はない。

で、車に戻り西暁の町を抜けて川に行ってみようかなと思う。しかし行ってどうする?夏の雑草の茂った河川敷に降りてみて、その茂みの中にお兄さんを探しにきた植芝幸太さんが脳卒中とか熱中症で倒れてるのを発見することを期待してみるか?……流石に馬鹿らしい。

星の川は西暁の町の端にある役場のさらに向こうを流れている。堤防を国道が走っているけど車を停めるところなんてないし……まあ路駐で何も問題ないだろうけど……と面倒だなという思いも半分に考えてると、あれ?と思う。

啓太さんがいなくなったのって六歳だったんだよな？

小学生になる年だ。保育園に通っていた頃、一人で星の川まで遊びに行ったりするか？

いや行くはずない。

遠い、とか、家族たちに禁じられてる、とかもあるけれど、そもそも保育園児が一人で遊びに行って楽しい川ではない。広いし流れも速いし、手に余るのだ。だから俺だって小学生の中学年になるまで星の川は怖かったし遊びに行こうなんて発想まるでなかった。そもそも子供が一人で河原に降りていたら近くを通りかかった大人が放っておくわけがない。堤防を走る車から簡単に見つかるだろうし、河原の反対側は田んぼや畑になっているから作業している人が見つけた途端に飛んでくるだろう。

そうだ。保育園児が一人で行くようなところじゃないんだ。

だから誰かが付き添っていて、目を離して、あるいは目の前で、啓太さんが川に流されてしまった、という事故のはずだ。

うん？でも待てよ？

コンビニのおばさんは遺体も目撃者も見つからなかったと言っていた。

聞き流していたけれど、目撃者なしってのは、事故の瞬間を見た人がいなかったってことだろうか？

付き添っていた人がいたなら、その人は川に流されるところを見てはいなかったということだろう。でも川に遊びにきて行方が判らなかったらまず川の事故を疑うだろうし、川に連れてきた人が啓太さんを最後に見た目撃者となるはずで……うん？

目撃者がいなかったというのは、そういう、啓太さんの姿を河原で見たという人間も出てこなかったということだろうか？

いやだとしたら啓太さんが川で事故ったという話にもなりにくいんじゃないだろうか？そもそも保育園児が一人で遊びに行くような川じゃないんだし……。

どうなってるんだろう？

と俺は植芝家の玄関のそばで突っ立ったまま考えていて、ふと我に返ると家の中から俺のことを気にしてチラチラ見ているおばさんたちがいる。中の一人はうちの父親母親に年齢感が似てるから六十歳くらいだろうか？じゃあ事件についても知ってるはずだ。

「すみません、ちょっと伺いたいんですけど」

「はいはい」と言って気の良さそうなおばさんが出てきてくれる。「何かご用やろか」

「あの、幸太さんの行方を探す上で、ひょっとしたら関連があるかもと思って、なんですが、四十年前の幸太さんのお兄さんのいなくなった事件というか事故というかなんですが」

「ああ、」

「誰か啓太さんと一緒に川に行った人がいたんですか？」

「そういうのはえんかったよ。一人で行ってもうたらしいんやわ。可哀想に」

あっさり教えてくれる。ありがたい。ありがたい？まあそういうことでいい。「ほしたら誰か、啓太さんが川で遊んでるの、見かけたりしたんですか？」

「いやほんなもん一人でそんなとこで小ちゃい子が遊んでたら、親呼ぶか連れて帰ってくれるやろ？誰も見てなかったんやなあ、たまたま」

「ほしたら啓太さんが川に行ったってどうして判ったんですかね？」

「啓太くんの靴が河原で見つかったんやわ。片っぽだけ。可哀想に」

「ああ……」つまりその状況から推測したわけか。「ちなみにその靴、どこで見つかったか判ります？って判るはずないか……」

するとおばさんが

「なあ、あんた、」

と振り返って声を掛けたのはさっき俺にまともなことを言ったお巡りさんだった。

「何ですか？」

「ここの、啓太くんの靴、見つかったの小学校の裏の河原やったやろ？」

「ほうやけど……」と言って玄関奥の部屋から出てきたお巡りさんが俺を見つける。

「あら？あんた、まだこんなとこで……。あんた、さっきも言うたやろ、そんな……」

「いや、小学校の裏の河原なんて、おかしいですよ」と俺は言ってお巡りさんからの二度目の説教を阻む。「六歳児が一人で遊びに行くにはちょっと遠すぎです。ここからだと西暁の町を下ってって線路潜るか渡るかして、畑と小学校を抜けて、さらに国道を渡ってから河原に降りなきゃいけないじゃないですか。直線距離でも三百メートルはありますよ」

「……ほやけど遊びに行ったんやろ？子供って、特に男の子やと冒険心があるが」

「恐怖心もありますよ。国道も渡るのが怖いけど、小学校も怖いですよ。身に覚えがありませんか？保育園のとき、小学生ってやたら体が大きくて乱暴で、近寄りがたくありませんでしたか？それに、西暁小学校は中学校とも並んでるから、さらに年上のお兄さんたちがたくさんいるところじゃないですか。西暁の保育園は駅の手前やさけ小学校も中学校も離れた、保育園児には慣れない場所にあるわけですし、啓太さんは長男で、小学生や中学生の兄弟もいなかったですし」

「……ほやけど実際に、靴が見つかったわけやさけ」

「それは啓太さんがいなくなったその日に見つかったんですか？」

「……や、三日後や」

「……それは確かに啓太さんがいなくなった日に履いていた靴なんですか？家から遊びに出てくのを誰も見てないいんじゃないですか？」

「啓太くんの持ち物だってのは確かや」

「……」

「なああんた、さっきも言うたけど、啓太くんの話をこんなふうに生々しい、細かい部分まで掘り起こそうとするなや。なんでそんなことしようとしてるんか判らんけど。今ここに植芝の家のもんがおったら俺はこんな話絶対にさせせんで？」

「幸太さんは啓太さんが生きてると思って、山に入ったんですよね？不思議な猿が、猿じゃなくて自分の兄なんじゃないかと思って」

「もうやめや。ほんなところまで他人が顔を突っ込まんでええ。幸太さんが見つかればもうそんでいいんや」

「でも啓太さんが、幸太さんの行動の動機です」

「ほやでもう四十年前のことや。そこをついて辛い思い出掘り起こしても、幸太さんの現実のためにはならんやろ。もうやめ。やめなさい」

「……………」

ここで俺が教えてもらえる新しい情報はもうないだろう。

「すみません。出しゃばるつもりはなくて、ただ気になったんで」

と頭を少し下げる俺にお巡りさんが言う。

「どんなに気になったとしても人の不幸の内容について無遠慮に振る舞っていいって理由にはならんのやで？」

また真っ当な説教だ。

「すみません」

と言う他ない。

するとおばさんが言う。

「ほやけどこの子の言うこともちょっと何や、説得力みたいなもんがあったわ。うちの孫も小学校に上がるまで小学校なんか近づきもせんかったもんなあ、確か。ほれに遠いし！ほれに……何やろ？一人で行かんかったとしたら誰かが連れてったたってことやろう？ほしたらそのもんが犯人なんでないの？」

それからおばさんが自分のセリフに息を飲む。お巡りさんはおいおい何を言い出してるんだよふうのしかめっ面をしている。

俺はあーそれ言葉にしちゃった?って顔だったんじゃないだろうか?

六歳の啓太さんを誰かが連れ去って何かしたって可能性はずっとちらついている。が、四十年前の出来事のその誰にとっても最悪な可能性を探ることなんてできるのだろうか?

お巡りさんが

「滅多なことを言うもんでないで?あんたまで」

と言ってその口調も場の空気も重かったし、こんなど田舎で殺人事件の発生も判明も四十年の時間を掘り起こしての捜査開始もほとんど現実味なんてないような気がした。そういうガッと物事が動くような時間の流れじゃないのだ。全ては重く、静かに、穏やかに、いささか硬直的に、過去へと過ぎ去っていく……。

俺はとりあえず頭を下げて植芝家を出る。どうしようかな、と考える。

歩き去りながら振り返り、植芝家の開けっ放しの玄関を見る。

幸太さんには子供はいなかったはずだ。そのことは四十年前に啓太さんがいなくなったことと関係があるだろうか?

あったんじゃないかなと思う。傷や悲しみが、何かのブレーキをかけることもありえるんじゃないか？

だとすると、啓太さんがいなくなったことがさらに、ありえたかもしれない子供の存在も奪ったということになるんだろう、と思うと、嫌だな、と思う。

子供がただいなくなった、の方が、そうじゃなかったというよりマシな気がする。

でも、それはまだ親になったことのない俺の想像に過ぎなくて、本物の親は、自分の子供の身に実際に何が起こったのか、どんな内容にせよ知りたいと思うものかもしれない。

人によるだろうか？

そんなことより何より、戦争で亡くなった人の遺族みたいに、とにかく遺骨を取り戻し、埋葬してやりたいと願うのだろうか？

判らない。

俺には何も判らない。経験していないし、似たような経験をしていたとしても、やはりその人の身にならないと何も本当のことは判らないだろう。

とぼんやり歩きながら、いやいやこんなことを考えても本気でどうしようもない、とようやく気がついて、今はいなくなってるのは幸太さんなんだからそっちの捜索に素直に参加した方がマシかなと思ったのに、やはり、じゃあ啓太さんが小学校の裏の河原に向かったとして、その足取りを辿ってみるか、と思いつく。

　多分それが一番ありえなさそうな話だから、そうやってニュートラルなところでアリバイ作りをしつつ時間を潰そうってことだったのだろう。せめて六歳児の視線で、自宅から一人で離れること、西暁の町を外れていくこと、線路と畑と小学校中学校と国道を越えていくことがどんなふうに見え、感じられるかを想像しながら……と歩き出して、すぐに道の脇に小さな用水路を見つける。幅五十センチほどの、コンクリで囲われて町の中に伸びる小川で、でもその部分は作りが古いんだろう、地蔵の収められた小さなお堂があり、川の囲いは石垣で、何かを洗ったり水を汲んだりするための石段がある。

　子供が遊ぶとしたらこういうところじゃないの？と俺は思う。植芝家からは二十メートルほどしか離れていない。そしてその地蔵堂を挟んだ五メートル以外、コンクリの蓋で覆われている。

　他の人からは見えない。

　俺は石段を降りてみる。

　リリョリリョリリョと甲高い水音が石垣の中で反射している。

屈み、流れの向こうのコンクリに覆われた暗がりを覗いてみる。

この奥のどこかで、啓太さんの遺体が引っかかっているんじゃないかなと思う。

水の深さはほんの五センチほどだ。でも人はその深さでも溺れる。子供ならさらに。ここで遊んでいて……いや遊ぼうとしてなくても不用意に近づいて転落して、頭を打って……顔が水に浸かっても起き上がれなくて……。

六歳児の体を、ここの水は運べるだろうか？

判らない。今日の水量では無理な気がするが、俺は六歳児の体重を知らないし、体格も想像しているだけで正確かどうかも判らない。四十年前の環境も判らないし水量だってその日の天気によるだろう。

うーん、と俺はその洗い場のような川べりの石段に座り込む。

この水路のどこかに流れがよどんで淵になったような部分があって、ぷかぷかと子供の死体が浮かんでいるところを想像してみるが、俺は啓太さんの顔を知らないんだよな、服装も、と思って諦めようとして、そもそも四十年前の遺体が水に浸かっていて人の形を保っているはずがないと気づく。

反射的に、こわ、と思うけど、実際の感覚は怖くないことに気づく。

平気だ。可哀想な子供を探しているだけだ。それに遺体の一部でも見つけられたら御の字じゃないの？

うつ伏せた子供の遺体が水に浮かんでいるイメージ。

水路を覆うコンクリの蓋を一つ一つ開けてみるなんてことできるだろうか？

無理だ。重さのせいじゃない。馬鹿らしいからだ。人に迷惑もかかりそうだ。理屈の通らない思いつきでやっていいことじゃない。

でも単なる思いつきって感じもしないんだよな、と思い、俺は地蔵さんを見る。

そしてふと、俺は母親から愛されてなかったらしいんだよ、と地蔵にだか自分にだか、内心で声をかける。おそらく父親からも。

ふん、じゃあまあいいか、と俺は思い、靴を脱ぎ、靴下も取って靴の中に入れる。

それから短パンの裾を膝の上までめくって水の中に足を入れる。それから下流へ向かう。ジャブジャブジャブジャブ、と進むと、たまに小石を踏んでいるけれど特に痛くはない。苔が生えているおかげで柔らかいくらいだ。

で、コンクリの蓋のところまでくる。水路の深さは一メートルほど。

屈んで潜り込む。

コンクリの蓋同士が隣り合うところに楕円の穴があって上から光は漏れ落ちてくるけれど、水路の中を照らすほどではない。

とはいえ明かりは明かりだ。ありがたい。

ジャーブ、ジャーブ、と苔の上で足を滑らせるようにして歩幅を広げ、進む。

懐中電灯を持ち込めばよかったな、とか、蜘蛛の巣とか蛇とか出くわしませんように、とか、考えないわけではないけれど考えないようにしていた。なぜならそのような心配は瑣末なことだからだ。

今俺は子供の死体を探しているのだ。

ほんのさっきコンビニで仕入れた話の、名前しか知らない、四十年前に消えた六歳の男の子を。

ジャーブ、ジャーブ、ジャーブ、ジャーブ、ジャーブ……。

この水路がどこまで続いて、どのようにして別の川に合流するんだろう？という想像も、遠ざかって消えていく。

ジャーブ、ジャーブ、ジャーブ、ジャーブ、ジャーブ、ジャーブ、ジャーブ……という水音と、足の運動と、苔の滑りが全てを覆い尽くしていく。

ふと気づくと、上から落ちていた明かりが無くなっていて、立ち止まる。見上げるとコンクリの穴が消えている。

無くなっている？

んじゃない。

そこに穴はあるけれど、何かで蓋がされている。

蓋の穴に蓋なんか必要か？

と思って見上げていると、その穴の蓋が目を開ける。

人間の目だ。

蓋がされているんじゃない。誰かが顔をその穴にビッタリとつけて、覗き込んでいるんだ。

俺のことを。

もちろん心の中で俺は悲鳴をあげている。

うぎゃあああああああっ！みたいな。多分。しかしそれは声としては出てこなかった。出てくる必要もなかった。俺は恐怖に打ちのめされそうになりつつも、実のところ、よっしゃよっしゃ、と思っていたのだ。

そうだ。不思議が起こるべきなのだ。

そしてこの不思議は俺が正解の道を進んでいるという証拠だ！

俺は穴の目から視線をそらし、水路の流れの奥へと戻す。

このまま進めばいい。

ジャーブ、ジャーブ、ジャーブ、ジャーブ、ジャーブ……。

蓋の穴の明かりが全然ないということは、目も俺を追いかけて移動している……と言うよりは、全ての穴に俺のことを覗く目があるんだろう。

「勝手に見てればいいが」

と俺は言う。ジャーブ、ジャーブ、ジャーブ、ジャーブ……。

俺は声が出せるんだな、と気づいたので、もう一度出してみる。

「啓太さーん」

ちょっと小さかったし掠れたので、もう一度。

「啓太さーん！植芝啓太さーん！」

いや六歳児相手だ。

「啓太くーん！植芝啓太くーん！」

俺の声がコンクリの壁と蓋と水面に反響してわんわんと膨張する。

水路の中で大声を出して、誰かが不審に思わないかなと一瞬心配するけど、それもきっと無用だ。俺は今不思議の中だ。

多分、西暁の住宅地の中にいるってことじゃないんだろう。

じゃあどこだ？

どこでもいい。この水は啓太くんにつながっているはずだ。

「啓太くーん!」

と俺は叫ぶ。

「啓太くーん!」

君の弟が君を探しているんだ。

猿と間違えてるけど、それは君を求めているからだ。四十年も、今も、ずっと。

君の弟は二歳だったのに、それでもおそらく君との思い出があって、それがいいもので、多分君のことが好きで、きっと君のことを、絶対に、今も求めてるんだ。

「啓太くーん!」

君の居場所が知りたい人がいるよ。

君がどうしているのかを知らなくてはならない人がいるんだ。その人は、それを知らないうちには前に進めないんだよ。

何もできないんだ。

そこには確かな愛情があるんだ。

俺の家にはなかったのに!あはは!

「クソ!」

俺は暗い天井として並んだコンクリの蓋を拳で突き上げる。ガツン！ものすごく痛い！

「おい！こら！啓太くん返せよ！」

と俺は怒鳴り、蓋の穴に痛くないほうの手の指を突っ込む。ぐじっ、と人間の目玉に指先が当たり、

「うがっ」

と男の呻き声が上がって蓋の穴から逃げる気配がある。

「あははは！」

あれ？攻撃なんてできるのか。していいのか？わからない。でもそいつがどいた穴からは明かりが漏れる。

俺は蓋の穴の上を覗く。

空が見える。青空だ。雲も浮かんでいる。端っこには家の屋根も見える。やはりここは西暁の町の中だろうか？

穴から顔を仰け反らした男の気配はない。

どこかに逃げたな？勝ったな。そいつに勝っていいのか？いいだろう。意味はないかもしれないが、不思議に飲み込まれないぞという態度の表明にはなったんじゃないか？

俺が今ここでコンクリの蓋を持ち上げたら、西暁の現実世界に戻ることだってできるんじゃないかな、と蓋の穴から顔を戻すと、俺の正面の暗がりに、大きなカニがいる。

カニだと思う。穴にぎゅうぎゅうに詰まっていて全身は見えないけれど、甲羅と大きなはさみと、つぶらな目がうっすらと光っている。

「うわ、何してるんじゃ」

と俺は言う。

するとカニが訊く。

「遊ぶ？」

小さな女の子みたいな声だ。

俺は首を振る。

「遊んでやらないよ」

「いたずらしていい？」

思わず笑う。

「ははっ。アホか。人のお腹に苔玉を入れたりするなよな」

「ケチ」

「ケチでないよ。どういう意味よ。そういうのはケチって言わないの」

「あはは」

「何笑ってんだよ。なあ、啓太くん知ってる？植芝啓太くん」

「……」

「沈黙は肯定の証」

「知らないよ」

「今更嘘つくなや」

「知ってるよ」

「わ。すぐ認めたな。知ってるやろ」

「知ってる」

「どこにいるん？」

「ここ」

「どこ」

「ここ。後ろ」

「後ろって……」

俺はカニの背後を覗き込もうとして甲羅が水路を目一杯塞いでいて見えないよ、と言おうとして、気づく。

俺の後ろだ。

反響する水音の中で物音も呼吸も何も聞こえないが、水の流れが違う。

何か二本足のものが立ち、足で水を切っていて、その溝のある流れが俺に当たっている。

「啓太くん？……植芝啓太くん？」

と俺は振り返らずに訊く。

「うん」

と男の子の声が返事をする。

啓太くんだ。

見つけた。

見つけてしまった。

それも死体じゃない。どうやら生きているらしい。

生きている⁉本当に⁉四十年前に消えた子が、この水路の中でずっと生きていたということか？

でも蓋に目があり人語を喋るカニの出る不思議な水路なのだ。なんでもありということなんだろう。

でも、俺は迷う。

「なんで後ろ見ないの？」

とカニも訊く。

「ほやかって、見たら現実になるやんか」

するとカニが笑う。

「あはははは！そうということ？へえ。なるほど」

俺も自分で言ってからカニと同じように思う。はあ、そういうこと？

不思議と現実の境に今俺と、後ろの《啓太くん》がいて、それを選ぶのは俺の役目なのだ。

四十年前に消えた子だ、とまた思う。その分現実世界では時間が進み、人が生き、いろんな折り合いをつけられる範囲でつけてきたのだ。

そこにこの《啓太くん》を連れ戻していいのだろうか？親戚でも知り合いでもない、どこの誰でもない、俺なんかが？

俺はカニを見つめる。

カニは俺の逡巡を見透かし、表情はわからないけど、それがあるとすればニヤニヤ笑っている気がする。

「もういっそのことみんなで遊ぶ？」

とカニが誘う。

「どういういっそのことだよ」と俺は言い返すことができて少しホッとしている。

「遊びたがりめ」

「カニだから」

「うるさい。少し黙ってれ」

「えー」

と不服そうなカニを無視して俺は短パンのポケットから携帯を取り出す。

誰にかける？

取り出してみると迷いは消えている。

不思議の問題は不思議に相談してみよう。

大麦くんの携帯にかける。

「もしもし？」

「あ、城野大麦さんですか？」

「そうですけど、誰？」

「俺、妹さん、直美さんの同級生の、沢田《さわだ》宏之《ひろゆき》です」

「ああ、沢チンか。幸太さんの捜索まだ続いてるけど、参加する？」

「あ、いやその件とは別件で」。それほど遠い件でもないが。「あの、そこに凄い猿、います？」

「凄い猿？」

「なんか人の言葉喋るっていう、」

「凄い猿とか呼ぶなや。角田《かどた》チーズさんや」

「角田チーズ？」

「角に田んぼ、食い物のチーズやって」

「へえ」。どうでもいい。「じゃあチーズに電話代わってください」

「呼び捨てにするなや」

「じゃ、チーズさんで」

「あはは。まあ変な感じはするわな」

で、電話が代わられる。

「もしもし、チーズです」

「あはは。……失礼しました。あの、俺は、城野大麦さんの後輩の、沢田という者です。ちょっとチーズさんに訊きたいことがあって電話をしたんですけど」

「はい。どうしました？」

「あの、今俺カニと話してるんですけど」

「はい。カニと。ダメですよ、遊んじゃ」

「遊びません。ほんで、そのカニが、今そちらで探してる植芝幸太さんの、四十年前に失踪していたお兄さんを、返してくれるって言ってるんすよ」

「ふむ。はいはい。それで？」

「どうしたらいいですか？もう死んじゃったことになってる子なんです」

と言って背後の子のことが気になる。

携帯のマイク部分を押さえて「ごめんな」と言う。

背後の《啓太くん》が
「うん」

とだけ言う。

チーズとの電話に戻る。

「植芝の人たちを混乱させるだけなんじゃないかと思って」

するとチーズが言う。

「その通りです。山と川と海からは、妙なものを持ち帰らないのが人間のルールです」

「えっ、そうなんですか？」

「浦島太郎の話が何のためにあると思ってるんですか」

「ええ？……そういう、寓話的なことなんですか？」

「全てのお話は教訓として活かすためのものなのです」

「でも桃太郎はいい結果だったじゃないですか」

「あれは川にあった桃ではなくて、川を流れて人のところにやってきた桃なのです」

「ああ、まあそうとも言えますか」

「どの寓話も、正しい解釈が必要です」

「……そりゃそうですね。ほんで、じゃあ、どうしたらいいですか？」

「持ち帰らない、それだけです」

「……わかりました。ありがとうございます。ほしたら」

　携帯を切る。

　カニが訊く。

「決まった？」

　俺は首を振る。

チーズは正しい。

山と川と海からは、妙なものを持ち帰らない。


でも、妙な《もの》じゃなくて《人間》なのだ。

「啓太くん、」

と声をかけると背後で返事がある。

「はい」

「おうちに帰りたい？」

「えー？どっちでもいい」

「そっか」

とは言えそれじゃ困るんだよな、と俺はため息をつく。でも六歳児にそんな判断無理か。四十年間も……いやこの暗がりの中で本当にそれだけの時間が経ったのか判らないが、長い間、カニと遊んできたんだろう。そしてこのカニはなかなか遊び相手として楽しいんだろう。俺ですら少し楽しい。

「なあ、」と俺はカニに訊く。「あのお腹の中の苔玉、どういう意味？」

「意味？」とカニはきょとんとした声を出す。「イタズラに意味なんか別にないですよ。苔玉が面白いかなと思っただけです」

　本当に遊びなのだ。

　伝えたい何かなんてものはない。

　そこにあるのは遊んでいる側の楽しみだけだ。

「そうか」

　と言って俺は振り返る。

　暗がりの中に、痩せて、半ズボンから伸びた脚がうっすらと白く光った、頭が少し大きい子がいる。

「啓太くん？」

「うん」

　俺の背後になったカニが言う。

「お、現実にして、連れて帰っちゃうの？」

「ああ。カニと遊んでる場合でないさけな」

「でも、あの猿のやつが言ってたことはいいの?」

山と川と海からは、妙なものを持ち帰らない。

俺は言う。

「あいつも言うてたやろ?**人間のルール**や。ルールは人が作る。破るのも人間や。カニや猿がとやかく言うなや」

するとカニが言う。

「あーあの猿ムカつくもんな」

と言うのもカニはアホだからだな。もう俺は相手にしない。カニは俺の背後だ。

俺は現実に帰る。啓太くんと。

「啓太くん、」

と俺が手を伸ばすと啓太くんがそれを握ってくれる。

子供ってこんなに素直なのか、と少し驚く。

六歳児の手は小さく、指は細い。

でも固く、暖かい。

生きている。

もう不思議じゃない。現実に普通に生きている男の子だ。

「お父さんとお母さんと、弟のところに帰ろっさ」

と言って俺が歩き出すと一緒についてきて、そのうち啓太くんが泣き出す。

「っぐ、っぐ、ひいいいいい、ああ、おお、お母さ〰〰ん。ああああ〰〰〰〰ん」

遊んでいて、忘れてたけど、思い出した途端に寂しくなっちゃうことあるよな、と俺は自分の子供の頃を思い出す。俺もそうやって泣いていたのだ。俺は俺の母親のことを愛していたのだ。父親のことも。そしてそれは今でもきっと変わらない。俺にはそういう類の感情が少なくともある。

見上げると、コンクリの蓋の穴が空いている。目はもうない。

だとすれば蓋を開けたら西暁の町のどこかに這い出ることもできるのかもしれない、と思うけど、やめて、元来た水路を戻る。ジャバジャバジャバジャバと二人分の足音を立てて。流れに逆らって。

あの地蔵堂のところに戻るのが正しい気がしたのだ。

「はい。ああああああん。うう、はい。はいい。はいいいい」

「カニはしつこいらしいから、しばらくこの川には一人で近づかんときね？」

「うう、うううう、はい、うううう」

「啓太くん、」


俺が啓太くんを植芝家に連れ帰り、当然の大騒ぎが起こり、俺もしばらくは大変だが、起こったことを率直に答えられたことと、それを事実として受け入れられたことでだいぶ気持ちが楽だった。凄い猿のおかげだ。

角田チーズは
「私ならそうしなかったでしょう」

と鼻白んだ顔をする。

確かにムカつく猿だが、正しいのかもしれない。わからない。

植芝家の人々は最初凄く喜んでくれるが、その後も幸太さんが行方不明のままで、啓太くんと交換されたような形になって、微妙な雰囲気になる。啓太くんはそんな空気は読めないリアルな六歳児で、連日問題を起こしまくりらしい。カニと遊びすぎたせいもあるのかもしれない。

俺は植芝家に行き、家族の人々に言う。

「幸太さんも必ずどこかで見つかりますから、諦めないでくださいね。家族くらいしか、いなくなった人を根気よく探し続けてはくれないんですから」

実際は物語によくあるパターン通り、《何かを不思議な手段で得たときには、同じような不思議な手段で何かを失う》みたいなことが起こったのかもしれない。チーズが言う通りに、全てのお話は寓話であって、教訓や警句に満ちているのかもしれない。

でもそれを打ち破るのも物語のあり方で、寓意なんかに気持ちをこなされないように、気を張って生きるしかないのだ。

ちなみに俺はまだ好きな人はいないが、ちゃんと諦めずに求めている。

絶対に、どこかにいる。

うちの玄関に座るため息

裏山に住む巨人、チウノヒが大きな岩を持って山を降りてきて、穴を掘ってそれを埋め、その上に建てた家がうちらしい。うちの村の人は皆その話を知っている。老人だけじゃなくて若い人も、お嫁さんやお婿さんに来て住むようになった他所の人も知っている。わざわざ皆が新しい人たちに教えるのだ。そしてそれを皆が信じる。別にチウノヒの実在する証拠なんかない。足跡とか糞?うんこ?とか誰も見たことない。地中の岩だって何かの探査装置で確認したわけじゃない。でもただうちの家が特別だから、その理由として『まああそこは巨人が埋めた岩の上のもんやでな』というふうに納得してしまうのだ。論理ですらない。普通じゃない事柄を日常に組み込むために《伝説》を強引に機能させてるだけだ、と俺は思う。

うちの特別とは、家に人の形をした心残りがやってくることだ。

悔い。後悔。伝えられなかった思い。果たされなかった約束。ともかく《あ〜ちゃんとやっときゃよかったな》みたいなのが人の形をしてうちを訪ねてくる。毎日ってわけじゃない。せいぜい週に一回くらいだ。半年くらい何もなかったこともある。ひと月くらい間が開くともうそんな訪問なくなって普通の家になったかなと思ったりもするけれど、必ず再開する。だから変に期待するのを俺は小五のときにやめた。うちはそういうのが来るようにできてるのだ。しょうがない。地中に巨人の埋めた岩があるのだから。ははは。

ちなみにうちの玄関にもチャイムはあるが、そんなものを鳴らしてくれる丁寧な心残りはいない。何しろ心残りたちは自分たちの気持ちでいっぱいいっぱいで、ごめんくださーいと声をかける余裕すらないのだ。勝手に来て、玄関を開けて、開けた戸を閉めもせずに三和土に足を置いたまま尻を玄関の上がり口に乗せて座る。そして黙って座り続ける。うちの家の誰かがその心残りの話を聞くまで。

俺が子供の頃、心残りの相手をするのはばあちゃんだった。その前はひいばあちゃんで、ひいばあちゃんがばあちゃんに『お残りさん』の相手の仕方を教えて後を継いだ。じいちゃんがお化けを怖がったってのもあるらしいけれど。

玄関に座るお残りさんがいるとばあちゃんが行って隣に正座して話を聞く。ばあちゃんが戻ってくるまで誰も様子を見にいかない。行くなとも言われてないけど、まあ当然子供の俺らも怖いから近寄ろうなんて思わない。大抵五分もせずに帰ってくる。ばあちゃんはどんな話をしたかを教えてくれはしない。

「話を私に渡してせっかく気持ちが晴れたんや。あそこでそのお話はおしまい。私がその終わった話、ここに出してもうたら可哀想やろう。そんでお残りさんがもう一回うちに来ることになるかもしれんしな」

つまり全然知らない老婆にちょっと話を聞いてもらえるくらいで結構満足ということか？

人の形になって現れるほどの心残りがそんな玄関でボソボソ喋るくらいで収まるのか？うちのばあちゃんに何かの特別な……聞き上手的能力があるのか？

よくわからないが、ばあちゃんも説明しないし、ただ聞いてるだけだとしか言わない。

「アドバイスとかするん？」

と兄が訊いて姉が笑う。

「アホか。そんなアドバイスなんてもらっても活かす場所ないやろ。もう死んでるのに」

で、そのときのばあちゃんは笑ってただけで何も言わなかったんだけど、別のお残りさんが消えた後で言う。

「お残りさんは、あれ、死んだ人でないな」

土曜日の昼ご飯中で、俺とばあちゃんの二人だけだった。

「え？ほうなん？」

「ほや。あれは気持ちだけやな。で、人の見た目は、あれ借りもんや。何べんか、男の人の格好してても女の人の気持ちの話してたり、女の人の格好で男の人の話してたりしてるわ」

「ほえぇ」

と言いつつも言ってる意味はよくわからないし、それ以前に俺は七歳でまだ昼間だとはいえお化けの話はやめて欲しかった。お昼ご飯終わったらばあちゃんは畑に行ってしまうしお残りさんのことを思い出すと家の中にはいられないし、かと言って外で村の子と遊んでいてもなんだかどこもかしこもが薄気味悪いのだ。家が変って子供にはホント困る。他の子が帰った後も俺は兄か姉かばあちゃんが帰ってくるまで家の中に入れなくて街灯の下でじっとしてて俺を見つけた姉が笑う。

「あんたの見た目の方が怖いわ！あはは！」

家族で俺のために早めに何かを切り上げてきてくれるのは姉だけだった。

俺は姉と家に入り、姉が夕飯の支度をするのを手伝っているとじいちゃんとばあちゃんが帰ってきて、高校生の兄は待たずにご飯を食べる。

「いただきます！」

ほっとした俺がご飯中に今日のお化けの話をして、

「でもお残りさんって、死んだ人でないんやろ?」

と言い出すとばあちゃんは
「人でなくて、気持ちや」

と言う。

いやそれは知ってるけどそうじゃなくて、と続けようとしたら
「智英《ともひで》、お残りさんは可哀想なもんらや。みんなでワイワイご飯食べながら話すようなことでない」

と叱られたみたいになる。

えー?

俺はよくわからないけれど口をつぐむ。

じいちゃんも兄も何も感じなかったようだけど、数年後、姉が訊いてくる。

「お残りさんって死んだ人でないって?」

いきなり言われて意味がわからない。

「ああ?」

そのとき俺は中学生で姉と喋るとかほとんどなかったので言われた言葉の内容もよく考えずに突っぱねそうだった。

お残りさん？

死んだ人でない？

……はいはい。

「うん。昔ばあちゃんがいっぺん言うてたってだけの話やけど」

すると姉が腕を組んで言う。

「ほうかあ……。生きてる人の気持ちが、うちに来るんかなあ？何でやろ？」

「さあ」で終わらせてしまいたいとこだけれど、姉には子供の頃いろいろ気を遣ってもらったことを俺は憶えている。ので続ける。「お残りさんの姿も、違うんやってさ」

「違うって何が？」

「んー……心残りを持ってる人、本人の姿でないんやってよ。見た目男の人やけど女の人の悩み言うてたみたいなこと、ばあちゃん言うてた」

「え？ほうなん？本人ですらないん？」

「まあ、ほういうことなんやろな」

「マジでかー。謎やな」

「ほやな。でもこの謎、俺らが考えてても全く答え出んやろな」

「……あんた、おばあちゃんの代わり興味ないん？」

「ないない。俺、お化けおぞい」

「おぞいか？お化けでないが」

「お化けやんか。生きてる人でないんやろ？」

「ほやけど、怖いか？人の気持ちやで？」

「それが人の姿して、喋るんやろ？ボソボソ……ココロノコリ……」

「あはははココロノコリとは言わんやろう」

「ほやかって内容何も知らんもん」

「まあな」

「あれ？姉ちゃん興味あるんか？」

「心残りの内容？」

「ばあちゃんの代わり」

「あ〜……う〜〜ん。ないってことじゃないけど、怖いな」

「ほやろ」

「ちゃうちゃう。お残りさんは別に怖くないけど、なんか、その仕事がさ。大事っていうか、大ごとやんか？」

「うん？ほやけど聞いてるだけでいんようになるんやろ？簡単やんか」

「アホ。大変って言うてないが。誰かがこの世のどこかで、こんな福井の田舎のうちに届けなあかんほどの心残りなんやろ?そんなの聞くの、ちょっと重たいが」

「……どんなことやろな?そんな心残りって」

「おばあちゃんにわからんように玄関のそばで聞いてたことあるけど、全然聞こえんかったわ。声小さくて」

「ようそんなことやるなあ」

「ほやかって、もしお残りさんの相手私もやることなったらどんな仕事なんか知っておきたいが」

「姉ちゃん大学とか行かんのか?」

「え。……行くつもりやけど」

「福井の?」

「や……東京やけど……」

「ほんでこっち帰ってきて就職するんか?」

「……どうかな……」

「やりたい仕事とかあるん?」

「何でこんな話してるんよ」

「ほやけど私まだ誰にも言うたことないのに。進路の話」

「将来の話やでさ」

「で？」

「何でそんなグイグイくるんよ」

「興味あるとか言うて、ばあちゃんの代わりするんやったらこの家に住んでなあかんやろ？それ具体的にちゃんと考えてんのかと思って」

「……ほんまやなあ」

「まあ、興味と進路は別個の話かもしらんけど。興味の話なんてどんだけでもいろんなこと言えばいいわな」

「……ほやけどお残りさんの相手の話はちょっとまずいかもな。ごめんな」

「別に」

「あんた大きなったなあ」

「うっせえ」

「姉ちゃん……嬉しいかと思ったけど別に嬉しくないな。生意気なだけやな」

「まあな」

「あはは。まあなかいな」

　姉はそれから普通に高校を卒業して東京の大学に行った。俺もそうしようと思ったけどちょっと気になったから親に訊いてみた。

「俺卒業してから東京の大学に行こうと思ってるけど、ほんでいいんか？」

「いいかって、好きにすればいいが」

　と母は言う。

「父ちゃんは？」

「好きにせえや」

「ほやけどうちに誰もいんようになるが」

「わしらがおるが」

「まあそうやけど、あの……いやそういうことでなくて、ばあちゃんがやってる、お残りさんの相手、俺らがいんでも大丈夫？」

「ああああ。あはは。ほんなことお前らが心配せんでええ」

「そうなん？」

「まだばあちゃんも元気やし、美郷《みさと》もおるが」

「美郷もおるって……」と母が目を丸くしてみせる。「まだやるって決めてえんで？」

「まあほやけど、智英をちゃんと出してやらんとあかんやろ。後のことはこっちで考えたらええ」

「あんたはほんまに自分で代わる気はないんやなあ……」

父が『ヤバ……』みたいな、ふざけるような顔をする。

俺は話を戻す。

「俺ら東京行って、兄ちゃんもそうやけど向こうで就職したら、そうそう帰って来れんのと違う？結婚やかってするかもやで」

「好きにせえって言うてるやろ」

「いや好きにしたら、どうなるの？」

「お残りさんの相手は何とでもなる。八代谷《やしろだに》のもんに来てもろてもええし」

「ええ？」。八代谷はじいちゃんの実家のある村だ。「来てもろてもって、八代谷の人にここに住んでもらうってこと？」

「あっちにも若いのおるが」

父の従兄弟には息子二人、娘が三人もいる。

「いやそうやけど……どういうこと？同居するってこと？」

「お前らがえんようになったら部屋が空くでな。気に入らんかったら小屋か倉壊してほこに家建ててもいいし。面倒でないんやったら通ってもらってもええ。どうせ月に数回くらいのことや。お残りさんも別に慌てて話聞いてあげなあかんってことではねえんやし」

「ほえ〜〜〜。スケールでかー。家も建てるん？」

「まあな」

「ほんなことになったら……ここ帰ってきても景色も感じも変わるなあ」

「んなこと言うててもしょうがない。お残りさんは来るんやで」

「すげえなあ……」

「まあ、ほやでお前は自分の人生をしっかり考えてちゃんとやってけばいい」

「八代谷のもんが断ったら、次のあてもあるん？」

「ほやでお前は考えんでいいって」

「気になるが。親戚にやかって都合とかあるやろ？」

「どうにでもなるって」

「いや八代谷のもんは同じ西暁のもんやでよう知ってるけど、遠くの親戚やとなんか、ここの敷地に住むんやったら、俺とか来づらくならん？つかなるやろ」

「なるかもしらんけど、それはもう仕方ないことや。お前がどっかで折り合いつけれや、それは」

「しょんげ〜。なんか厳しいなあ」

「大人になるってそういうことや。ほれに、大人になれば、そんなことでいちいち困ったりせん」

「ほんとかいな」

「ふ。わからんけどな。ほやけどボサーッとしてるうちに歳だけ大人になってもうたみたいにならんように、ちゃんと考えれや」

「う〜ん。まあわかったわ」

　俺は少なくともボサーッとはしていないつもりだった。俺は勉強して大学に受かり、東京に出て一人暮らしを始める。兄も姉も東京で仕事を始めているが割と頻繁に会うようになる。俺が酒を飲めるようになると居酒屋やバーに連れていってくれる。そして兄が彼女を紹介してくる。佐藤直哉《さとうなおや》さん。

「うん？元男性？」

　と姉が確認する。

「や、今も男性」

　と兄が言うけれど、直哉さんは女性にしか見えなかった。

「へえ、初めまして」

と姉が言って自分の名前を伝えると直哉さんが言う。

「初めまして。きょうだい会に突然お邪魔しちゃってすみません」

「いえいえ。ウェルカムです。きょうだいで話してるとどうしても《いつも通り》感あるし、実際内容が大抵似たり寄ったりなんです。きょうだい以外の方に混ざってもらったほうが楽しそうです」

「……ひょっとして和真《かずま》くんから本当に私のこと聞いてなかったですか？」

「いいえ？ごめんなさいこの三人だと映画の話ばっかりで……」

「そうなんですか？」

「言うた通りやろ？」

と兄。

「弟の智英です。あの、『TENET』観ましたか？」

「えっ、あ、私ですか？観ました！」

「よかった。僕もこないだ観たんでその話しようと思ってたんですけどいいですか？」

「はい、どうぞ！」

と直哉さんは掌をこちらに向けてくる。

で俺はそのクリストファー・ノーランのSF映画について話す。基本的には《納得いかん》という内容になるが、本編を観た後にメイキングでジョン・デヴィッド・ワシントンが時間逆行アクションを自分で演じてる場面が正直本編の印象よりカッコ良くてそれですっかり《なんか好きな映画》になってしまった、というのも微妙に《納得いかん》なのだけど、そういうことなのだ、と俺は言う。兄も姉も笑う。二人ともとっくに観ていて、内容についての俺の不満にはほぼ同意しているが兄が気にしてるのはもっと根本的な部分で、

「俺的には主人公とロバート・パティンソンの繋がりが急に友情っぽくなってビビったわ。え？そんな描写あった？みたいな。ははは。や、そもそも俺ロバート・パティンソンいい奴に全然見えんのやけど。どう？直前に観た『DEVIL ALL THE TIME』の印象が強すぎたんかもしれんけど。観た？これはいいでえ？パティンソンもバッチリやで」

などと笑う。

姉が話を戻す。

「私も『TENET』感想言いたい。て言うかほとんど二人と同じこと思ってたけどそれだけでなくて、まあよく言われてることやろうとは思うけど、こうやってみんな

で感想言い合えることがこの映画の面白さの証明やと思う。私もこれ観終わった後、他の子と喋りたい〜って思ったもん」

するとと兄が
「そういう、それを言ったらなんか話がまとまっちゃうでしょってことを言うなって前から言うてるやんか〰〰」

と確かにその通りのことを言う。

「いいやんか別にそう思ったんやさけ」と姉もいつも通り取り合わないが、付け加える。「なんかでも映画の好き度で言うたら私『インターステラー』よりこっちやな〜」

「え？」と俺。「『インセプション』と比べたら？」

姉はふん、と鼻で笑う。

「あれ私、なんかスカしてて好きじゃない」

「えっ！スカしてるって……スカしてないやんか！格好いいだけやろ!?」

「格好いいんじゃなくて格好つけてるの」

「それはないわ〰〰。え〰〰〰？」と抵抗しながらも俺は途端に不安になってくる。格好いいと格好つけてるの区別が自分にできてるという自信なんてない。そんなこと考えたこともない。そもそも「スカしてるって……どういう意味かはわかってるけどどういう語源よ……」

「?何やろな」と言って姉が携帯で調べる。姉はこういうの手早い。「……あれ?出てこんな。相撲関連の隠語で《相撲部屋から逃げ出す》って意味の『すかす』もあるみたいやけどこれは別のすかすやろうし……。語源は不明みたい」

「全然スカッとせんなあはは」

と兄は冗談にして笑い飛ばそうとする。

俺は言う。

「まあそんなもん、方言やろうし、単純に考えて擬態語やろ。『スカッ』じゃなくて、『すかしっ屁』のスカでない?ブリッと濁らせるんじゃなくて、音もなくすうっと尻の穴を通らせるって様のこと。そのすうっとした感じをさせてる顔つきがスカしてるってことなんでないかな。つまり気取ってるときってすかしっ屁みたいな顔してるんや。すかしっ屁してるときの顔も同じかもしれんけど。おならこいてるときはことさら表情をすうっとさせてるもんな。その様子を表現してるんやろ」

言いながらこれは案外当たってるかもと思う。兄も姉もゲラゲラ爆笑する。

「お前何真面目にすかしっ屁とか言うてるんよアハハハハハ!」「ちょっと……食事中!他の人もいるのに……アハハハハ!」

俺は直哉さんに謝る。

「失礼こきました」

兄と姉がさらに笑って直哉さんも吹き出す。

「アハハハハハ！そんな……真面目な顔で！よく……よく言えるね！アハハハハハハハハ！」

『こきました』は笑わせようと思ったけど『スカしてる』については当たってないかな？

ひとしきり笑ったあとで直哉さんが目元の涙を拭いながら言う。

「あ〰〰久しぶりにこんなに笑っちゃった。すっごい楽しいし、びっくりした」

「何に？」

と訊く兄に直哉さんが言う。

「私、あの映画観てて、みんなが感じてたような不満とか何もなかったし、そういう設定のこととか考えようともしてなかった。小難しいことやってるなと思ってたけど、それ考えるとお話に集中できないから、とりあえず追いかけときゃいいかと思って、流れに任せてただけだったよ」

「や、確かに話の展開早かったから、ちょっと考え込むと置いてかれそうになるよな」

「あ〰〰……でも、それはそっちであったかも」

と直哉さんが言って兄も俺らもちょっと何の話をしてるのかわからなくなる。

「そっちってどっち？」

と兄。

「え〰〰それさ。私、びっくりしたことなんだけどさ、……ズマくん私の趣味知ってるでしょ？」

「ジョギング？」

「それは趣味じゃなくて……いや、趣味ってそういう意味でもなくて……性癖の方？」

「ああ？え？妹弟《きょうだい》の前でそんな具体の話するの？」

「やめてけれー」「やめてやめて」と俺と姉の声が揃う。

「違う違う」と直哉さんが恥ずかしそうに笑う。「そんなはずないでしょ。もっと浅い……もう、ズマくんと話してるとほんとこういう細かいニュアンス通じないんだから」

「すみません」

「素直だなーあはは。もういいよ。さすがに察して欲しがりすぎだし私。ほら、私、男性同士の恋愛好きでしょ？だから妄想してて、映画の筋って、その私の設定の中での表向きの展開って感じだったから、正直お話、よくわからなかったというか、私の中のラブストーリーが美しく完結してるだけでそれ以外ないんだよね……」

「あはは何じゃそりゃ！」

と兄は笑い、

「友情すら信じられなかったのに、お兄はその発想できないだろうね」

と姉が兄をからかい、俺は何を言っていいのかわからなかったので
「『ズマくん』って」

と言うと皆が
「今そこ⁉」

と声を揃える。凄い。こういうやりとりをコントっぽく持ってくやり方って明文化されてないだけで文化的マニュアルでもあるのだろうか？こう言ったらこう突っ込むもの、みたいな。自分で誘導しといて何ですが。

「え？で？びっくりって？」

と姉が訊くと直哉さんが言う。

「ああ、それだ。ごめんなさい。アハハ。弟くんが面白くってつい飛んじゃってまし

た。あのですね、オホン、や、私って、……私のBL愛って、結局自分の性自認についてのこだわりを反映させたものなんだな〜と思って。昔はそんな趣味なかったのに、自分が生きやすい社会になって欲しいな、みたいな気持ちから、そういう設定を物語に持ち込むようになったなって気づいたんです。つまり、純粋にBLを愛してるんじゃなくて、そういうのを利用して、自分の都合の良い世界を勝手に構築しようとしてたなって」

「うん？」と兄。「でも自分の中での話でしょ？別に誰にも迷惑かけてないし、勝手にも何もないんじゃない？好きにすりゃいいところやろ？なんか反省してるっぽいけど」

「や、だって、根っからBL好きな人は、そういう計算なく、ただ好きなわけでしょ？私はなんか、そういうの政治的に利用してたっぽくて、邪道じゃない？」

「よくわからんけど、それも勝手にお好きに、のところじゃないの？」

「じゃあ言い換えると、失礼だったな、ってこと。他の人に、だけじゃなくてBLってものに」

「ふうん？」

「や、で、そこで終わりじゃなくてね？私は自分のそういうのに気付いたことと、御三人がたが純粋に映画を楽しんでて、その話をしてて……。や、ちょっと違くて……。あの、こんなふうに訊くのも絶対変なんですけど、妹さんと弟さん、今日私みたいなのが来て、驚きませんでした？」

「え？」「……？」

急にこっちに話を振られて、それに驚いてしまった。何？文脈どこ？

「お兄さんの彼女が、私みたいなので」

「何それ」と兄がちょっとだけ真剣な声で言う。「みたいなのってどういう意味よ」

「卑下してるって風に捉えないで」と直哉さんが兄に言ってからこっちをまた見る。

「でも、いわゆる一般的な《彼女》と条件違うじゃないですか？」

「うーん？」と姉が首を傾げる。「でも《一般的》って方がなんか、難しくないですか？すっごい綺麗な人もすっごくそうじゃない人も、体が人よりずっと大きい人もちっちゃい人も、いわゆるそういうカテゴリには入らないってことになるんじゃないですかね。《子持ち》とか《大金持ち》とか《病気持ち》とかそういうのも、そうですよね？で、そういう彼女さんが現れたとしても、私も智英も、別に何も言わないですよ。もちろん私の元彼と付き合ってるとかだったら……うえ〰〰今言っただけで気持ち悪くなった……。そういうのだったら、……でもやめてくれ、とは言わなくて、兄とは会わなくなるだけですね。距離ムッチャとります」

「そんな〰〰」

と言う兄は本当に文脈とか理解できないアホのようだ。

「でも、」と直哉さんが言う。「お兄ちゃんがそういう、男性と付き合うタイプだって知ってたわけじゃないんですよね？」

「全然」

と姉が言い、俺は
「兄貴に対しての興味自体そんな全然ないですよ。いや、ちょっと言葉おかしくて、えっと、好きにやりゃいい話だから、へえ、と思って、そんで終わりです」

と言う。

「そうなんだ……」と直哉さんがどこか脱力するような感じで呟く。「や、それでびっくりしたのが……私、皆さんを動揺させてしまうだろうから、どうやって説明と言うか、自分たちのことをお話ししたらいいんだろう、と考えてたんです。ズマくんはこの調子だし、楽観的だなあと思ってて……」

「え？俺楽観的？って、何？」

とすっとぼけたことを言い続ける兄に姉が

「ズマくんは黙ってて」

　と言い、直哉さんが少し笑う。

「……でもお二人は私たちを見ても本当に普通に接してくださるし、映画の話題を、いかにも普段通りって感じでしてくれているし、それにもびっくりしたんですけど……本当にびっくりしたのは、別で……、本当の本当は、私、自分の条件のことを他の人にもインパクトのある、大ごとだと思っていたんですけど、……それって私の思い込みに過ぎなかったのかもな、と思ったんです。その上BLについても私、なんか……ちょっと私、ジェンダーについてを、自分の真ん中に置きすぎなんじゃないかなって思ったんです。『こういうジェンダーの人間』ってのが常にあって、映画もまともに見れないなんて、おかしくないですか？」

　姉が兄を見る。

　兄はただ
「ふうん」

　と言って姉と直哉さんに同時に小突かれる。

「いやだって、ほうなんかあと思っただけなんやもん。お前らも俺らのことへえと思っただけなんやろ？一緒やんか」

「いや彼女さんのおっきな気付きの話やろ?あんた彼氏なら違う反応あるやろ。うちらのへえと一緒にすんなま」

と言う姉に直哉さんが
「そうですよねえ」

と頷くので、俺は口を開く。

「でも、その気付きはまだ甘くて、ジェンダー云々の前に、直哉さん、自分のことばっかじゃないですか?俺ら映画の話してたのに、さっきからずっと直哉さん自分の話してますけど」

すると姉も直哉さんも固まる。

兄が
「あ、それほんまや」

と言う。

いやそういうとこ。↑このツッコミ、俺が東京に来て自分の中に入ってきたものだけれど、まだ馴染みがない……。

直哉さんがしばらく黙る。

涙を堪えてるような時間も少しある。

姉が
「や、それだけ直哉さんにとっては、自分の、その性の問題が大きかったってことで、しょうがないですよ。今の弟の言い回しだとまるで自己中心的だと指摘したみたいになってましたけど」

とフォローみたいなことをする。

俺も泣かれると困るので
「えーと、だから、俺が言いたいのは、気にしなくていいんじゃないのかな、ってことです。さっきも姉ちゃんも言ったように、人の持つ条件ってたくさんあるから、他の人はいちいちそんなの気にしてないし、本人は直せるものなら直したいと思うだろうけど、持って生まれたものとか変えられないものって、気にしてどうなるってわけでもないし、……どうしようもないことは、つまりはどうでも良くないですかね？」

と言ってみる。

「それはあんた、気楽な立場から物言うてるだけやで」

と姉が反論してくる。

「気楽ったって、俺やかって別に条件は違うけど直哉さんと同じように、好きな人に好かれるかどうかはわからんし、何者になるかはまだまだこれからなんやで？」

「違う違う。問題は直哉さんには常につきまとうような悩みがあって、あんたにはないってことを言うてんのよ」

「ほんで俺は、そんな悩み、そもそもいらないってことを言うてんの」

「軽々しく言うことでないって」

「軽々しく言ってもらいたいものじゃないの？ そのほうが、そんなものか、で終わるんじゃない？ つか姉ちゃんのそれはさっきの直哉さんのＢＬ？ に失礼、みたいにして、実態のないものに勝手な敬意を払ってるだけで、無意味なんじゃない？」

「はあ？」

「ほやで、直哉さんが悩んできたんやで、それには敬意を払わな、みたいな」

「そのほうがいいんでないの？」

「敬意を払うことで何が起こるん？ そうですかそうですかお辛かったんですね、って親身そうな顔して、それは深刻ですねって付き合うってか？ それって共感でもなくて、ただ場を繕ってるだけでねえ？ 何も解決っていうか、解決関係ねえな、何も動かんが。ほれにそもそも実際そこまで共感できんやろ。本来、ふうんの一言やろ」

うちの姉はこういうときに『ひとごとだから？』みたいなことを言わない。ちゃんとこれまでの話の流れを憶えてるし考えている。飲み水が足りないと言うなら買ってくるなり川を探すなり井戸を掘るなりできるけれど、私はこういう人なんですについてはへえそうですかしかない。他の人がわかってくれないんですだって同様だ。与えられた状況で頑張るか、場所を変えるかだ。場所を変えても状況が変わるかどうかの保証はないにせよ。

姉が俺の言ったことについて考えて黙ったので俺は続ける。

「で、直哉さんの想像ってどんなんなんですか？」

「えっ？」

直哉さんがキョトンとする。

「その、BL？男性同士の恋愛のやつ」

「内容のこと？」

「あ、待って。頭っからエッチな話？俺、兄姉とそんな話したくないんで」

「あ、いやいや、まさか、そんな。え、でもなんで？そんなの聞きたいですか？」

「それが直哉さんの『TENET』観て思ったことなんですよね？映画の話続けようかと思って」

「や〰〰純粋な映画の話なのかどうか」

「感想とは違うんでしょうけど、そんなジャッジどうでもいいんで。あの映画観て思ったことの話だったらなんでもいいんじゃないですかね？」

「そうかな……」と言いつつも、ちょっと直哉さんの目が爛々とし始めた気がする。

話したいんやんか。

で話し始めるのだけれど、直哉さんは途中で主人公と相棒がそれぞれ格闘する相手の正体を見切った上で、主人公とその相手、主人公の相棒とその相手、の恋愛とともに相手を入れ替えた組み合わせと主人公と相棒、その相手同士、の組み合わせを同時進行で妄想していたらしくて、ちょっと俺にはついていけない。俺は鑑賞中に主人公たちの格闘相手の正体を全く見当もつけていなかったから、あのスピーディなアクションを観ながら話の筋を先読みし、そこでさらなる妄想を三パターンも実際のストーリーとともに同時に進行させていくなんて芸当、想像もつかない。どんな頭になってるんだ？

姉も似たことを思ったらしくてそう言うと、

「特殊技能なんです。そんなことばかり考えてたから、なんか伸びたんですよ」

と直哉さんが笑う。でも冗談じゃなくて本気で凄いと俺は思う。俺は目の前の本筋を追いかけるので必死だったし、他のどんな映画でもストーリーの先を予想しようとしたことすらほとんどない。例えばいかにも、なはずの伏線にも回収されるたびに毎度驚かされてしまう。うん？なんかこの脇役、妙な感じで画面に残ったな、と思ったりはするのだけど、その意味を考えたりしないのだ。うん？妙だな、で終わり。つまり必死ってことじゃなくて、単純にあまりお話の外側について考えていないのかもしれない。

そうか……。

まあでもその夜そんなふうにして紹介された直哉さんと兄の付き合いは順調にいってるようで俺も姉もそれからも直哉さんと会うし映画の話をたくさんするようになる。直哉さんは意識して映画の話に集中してるのがわかったけど、そういうのもだんだん気にならなくなったし直哉さんも頑張ってる感じがなくなっていく。

直哉さんと映画の話をするのは楽しい。直哉さんは大抵序盤のうちにストーリーの流れを予測して、こっちだったらいいな、そうなって欲しくないな、などと想像したり、まあ他のことも妄想してるみたいだけどそれは置いといて、展開に不満があるたびに自分だったらこうするな、みたいな対案を立てているらしくて、その、こうあるべき、という独自のアイデアがいちいちなるほどで、直哉さんは物語を作る才能があるんじゃないかと思うけれど、

「あはは！まさか。目の前で見せてもらってるお話があるからそれに茶々を入れたり

アレンジとか想像できるんであって、一から物を作ったり現場でいろんな人が集まってお話直したり調整したりそれを撮影したり、大変だよ〰〰。絶対私には無理！」

と笑って掌をブンブン左右に振る。

それから兄は親に紹介するために直哉さんを福井の実家に連れていく。直哉さんはずっと東京で生まれ育ってきた人だから山に囲まれてると言うよりはもう飲み込まれそうな、サルや鹿と農作物を挟んで戦いあっているような田舎にびっくりするんじゃないかと思ってたけど
「すっごい素敵なお家だね！あとご飯もいただいたけど、お野菜すっごく美味しかった〰〰！お父様もお母様も優しい人たちだったし、流石って感じ！」

と大興奮で戻ってくる。あまりのど田舎ぶりを面白がってるという感じでもなくて、なんかいい人だな、と改めて思って俺もほんのり嬉しい。

「でもさ、」と直哉さんが言う。「今更だけど、いいの？ズマくん長男でしょ？家を継ぐとかそういうの、本当に大丈夫？……ってズマくんは平気って言うけどさ、智英くんも千夜《ちよ》ちゃんも、構わない？お父様もお母様も何もおっしゃらなかったけど」

「なんか古臭いこと言い出したでぇ？」

と兄がからかうように言ったけれど、俺もそんなの気にしなくていいのに、と思

う。家のバックアップについては親が考えている。俺たちはそれぞれが頑張って幸せになることに注力していればいいのだ。

ということを俺も言えたけどそういうセリフは兄が言えばいい、と黙ってビールを飲んでいたら

「古臭いとか、あのお家にいたらそんなのないでしょ」

と、ふふ、と笑う直哉さんに兄が

「いいんよいいんよ。俺らは、ともかく後悔だけはせんように生きるんよ」

と言う。

「おおっ」

と直哉さんが、なんだカッコいいこと言い出したな、みたいにさらに笑うが、兄が

「心残りだけはないようにせんと」

と続けると、何かピンときたみたいで、

「何それ？」

と訊く。

「うん？」

「心残りだけはないように、って、もうすぐ……いなくなるみたいな言い方」

「人は誰でも死ぬやろ?」

直哉さんが避けた単語を兄が使う。あれ雲行き怪しいな、と俺は思う。

直哉さんはまだ笑っているけれど、口元だけだ。

「いやそんなおっきな話じゃなくて……普段からしてる覚悟じゃないでしょそういうの。どうしたの?……ズマくん、何かあった?」

「え?何もないよないない」

「病気とかしてないよね?」

「あはは。してないって。健康そのものやんかわしゃ」

「そう?」

とまだ訝しげに兄を見つめる直哉さんにはお残りさんの話をしてないんだなと俺は気づく。その話をせずに一年以上も恋愛関係なんてできるんだろうかと俺には上手く想像ができないけれど、今後福井に帰って実家に住むつもりもないし、歴代の……と言ってもひいばあちゃんとばあちゃんと、予定としての母のことしか知らないが、お残りさんの相手をするのは女性ばかりだったから、直哉さんが知る必要はないと兄は考えていたのかもしれない。そういうことでいいのかどうかは判らないけれど。

でもそうじゃなくて、兄が言う。

「あれ？お残りさんの話、俺していん？」

忘れたふりじゃなさそうだ……。

「何それ？オノコリサン？」

「ってことはしてないか〰〰。あはは。まあ別に関係ないけど」

とヘラヘラ始める兄の話を直哉さんが真面目な顔で聞いている。兄が俺とか姉に話を振ろうとするので姉が
「いいでお兄が説明しねま」

と制する。

兄はヘラヘラしたまま概要を終えて、

「ほやけど東京にいたら全然関わりないし、俺もここ十年以上はお残りさんが来たとこに居合わせたことないで、ナオも気にせんで……」

と言いかけたところで直哉さんが口を開く。

「言いたいことがたくさんあります」

セリフをそっとテーブルの上に置いて手の平で伸ばすみたいな言い方をされて、さすがの兄もギョッとしたように口を噤む。

直哉さんがしばらく自分のビールジョッキを見つめたまま黙り、それからひと息ふ

うう、と鼻から抜いて言う。

「……ひとことでまとめると、……これを言うのが怖いけど、……ズマくんは私のことを大事にしてくれてないってことだと思う」

「んなことないよ。何で……」

「大事にしてくれてたら、ご実家のその話、私に言ってくれてたと思う」

「や、ほやかって俺ら東京に住んでるやんか？別にそんな話、するタイミングないが」

「私、実家にご挨拶に行ったんだよ？そんな大事な仕事をなさってるのに、その話、私はできなかったんだよ？お家の人に、私にそのお残りさんの話してないこと伝えてあったの？それで言う必要ないから内緒ってことにしたの？」

「ええ？まさか。そんなことせんよ」

「だよね。ズマくん、ただ伝え忘れてただけだもんね。でもその伝え忘れのこと察せられなかったら、お父様もお母様もおばあさまも私がその話を知ってて無視してると思った可能性だってあるんじゃない？」

「考えすぎやわ。ないない」

「そう？それってズマくん、本当にお父様やお母様のお気持ちになって考えて言ってる？ズマくんがズマくんのまま『俺だったらそんなふうに考えたりしない』ってだけじゃなくて？」

「……」

「私はそのことを言ってるんだよ？ズマくんが物事を曲解したりせず真っ直ぐに捉えるところすごく好きだし素晴らしいと思うけれど、世の中にはいろんな考え方と感じ方があって、古い常識や価値観があるし、それらは人の感じ方や考え方だから、正しい間違ってるとかじゃなくて、そういう人もいるってだけで、実際いるんだよ？でもズマくんは自分の考え方や感じ方が正しいんだから間違ってる方が悪い、そんな相手のことは考えなくていい、みたいに振る舞うけど、そういうの、私のことを愛してくれるときには本当に、奇跡みたいに温かいけど、でも、……それ、……私のことを守ってくれないの。私のことを変だと思う人の方がおかしい、としてくれるだけじゃ、私はやっぱり、ズマくんじゃない人に傷つけられちゃうし、その人が間違ってるって例えば公的に明らかになってその人が何らかの罰を受けたとしても、私が傷つけられたって事実自体は無くならないんだよ。傷は癒えるだろうけど、でもそもそも傷なんて付きたくないんだよ、誰だって」

「……」

「そんでそれとは別に、……ズマくん、」

「はい」

「……ズマくん、心残りをしたくなかったから、私と付き合うことにしたの?」

「え、うん」

と即答する兄を見て、あ、やべえと俺は思う。

何かを先読みしたわけじゃない。

直哉さんの問いの真意を理解したわけでもない。

ただ兄を見つめる直哉さんの表情がポカンと穴が空いたみたいになって、本当に、どのパーツも微動だにしなかったのに何かが皮膚の裏で抜けたみたいな感じだったのだが、ああ、兄の返答で凄いガッカリしちゃったってのが分かったのだ。

「あれ?何で?」

と兄。

「えーと、整理します」と直哉さんが言う。「ズマくんちにはお残りさんがやってくる。お残りさんは人じゃなく、人の気持ちである。心残りが、人の形をしてやってくる。それをお家の人が相手して、そうするとお残りさんは消える。そのお仕事……と言うか役割を、もうずっとズマくんちが引き受けている」

「引き受けたって言うか、誰かに任せられたって話でないんやけどな」

と兄が口を挟むのでひやっとするけれど、直哉さんはちょっと頷いて続ける。

「巨人の埋めた岩の上の家に暮らしてるからそういう不思議な場所になったんじゃないかってされている。でも家を移すでも引っ越すでもなく、その状況を受け入れてるんだよね？」

「ほやな」

また直哉さんが頷く。

「そのお残りさんのお相手は、ひいおばあさまとおばあさまが受け継いできて、お母様の後はおそらくご親戚の誰かにお任せすることになる。……そしてその環境で暮らしてきたズマくん兄弟は、『後悔だけはしないように』生きている。『心残りだけはしないように』。それがモットー。……だよね？」

「まあな。ほやかってお残りさんになって誰かの迷惑になるの嫌やんか？」

「おばあさまは迷惑そうだった？」

「？そりゃそうでねえ？勝手に来て玄関に座ってて、話聞いてもらうまで動かんのやで？」

「大変な役目だけど、でも、おばあさま、そのことについて愚痴みたいなことおっしゃってた？」

「うーん。それはなかったけど……」

「誰かに代わって欲しいっておっしゃったことは？」

「ないなあ」

「任せられたって話じゃなくて、引き受けてらっしゃったからじゃない？」

「そうかも」

「うん。でもそれが人の迷惑かどうかはともかく、ズマくんたちは自分たちからお残りさんを出さないように、心残りのないように生きようとしている」

「ほやね」

「で、私との付き合いも、心残りがないように選んだ」

「その通り。あ、や、選んだって、他に選択肢があったってわけでないで？」

するとと直哉さんがふふ、と笑うけれど、それも寂しげだ。

「『心残りがないよう、ちゃんとしよう、実家にも連れて帰ろう、ナオを大事にしよう』？」

「そうやな」

「……ズマくん、私があなたを選んだとき、私には選択肢がいろいろあったよ？」

「ほえ？」

「《付き合わない》《もう会わない》《友達としてなら》《様子見をもう少し続ける》」と直哉さんが指を折っていく。「……《条件出しをしてみる》《一度別れてお互いの気持ちを確認する》……《他の子を確認する》。あと、《元カレに相談する》と、これが一番迷ったけど、《元カノに相談する》。……結構ごちゃごちゃあったね。数えたことなかったからわかんなかったけど、私もいろんなこと考えてたんだね。ズマくんにはそういうのなかった？」

「……えー？ないと思うけど……」

「ないのかもしれない。そういうのをなしにするのがズマくん家族のモットーなのかもしれないしね。でも、普通の人にはあるよ。私を普通とするか、ズマくんたちを普通じゃないとするかは異論もあるだろうけど……ともかく、《後悔しないように》を理由にして物事を決めたり人を選んだりする人は少ないと思う」

「ほうかもしれんけど、ありがたいことでない？後悔せんように生きれるって」

「……私には後悔がたくさんあるよ。やり直したいって強く思ってることばっかじゃなくて、他にもやり方あったかな、とか別のことできたかもなってさ、軽いものも含めて」

「まあ別にそういうのはいいんでない？」

「ズマくんもある？ そういうの？」

「ん～～～。まあ、あんまないかな」

「ないようにしてるからね。それはもう、ズマくんが自分の方針に沿って自分を鍛えてきたからだと思う。私なんか普通にいろいろ抱えてるよ？ その中には……『ズマくんじゃなかったらどうだったただろう？』もあるんだ。『出会わなかったらどうなってただろう』って怖くなる気持ちもあるし、……『他の人の方が良かったんじゃないか』って、最低なのも」

「ええ～～～？ ほんなこと俺に言う？」

「聞いて？ いいの、聞いて欲しいの。こんなことズマくんに聞かせて私きっと後悔する。これも、後悔になる。『こんな話しなきゃよかった』って思うと思う。でもいいの。私が言いたいのは、そういう後悔も、私の中にあっていいの。あって嬉しいものじゃないけど、あってもある程度平気なの。なぜなら私も、それで私を鍛えてきてるから。これは『後悔しよう』とか『後悔で自分を鍛えよう』ってモットーなんかじゃない。でも後悔なんて、普通に生きてりゃ普通にたくさん生まれて、それを抱えて生きてて当然だと思ってるの。いろんな迷いとか妄想と同じで、人間はそういうの止めようがないし、それと折り合いをつけつつ毎日一歩一歩進んでくものだと信じてるの」

「でもそれのせいでお残りさんが生まれるんでない？」

「それを知ってるってのがズマくんちの特殊さだよね。ある意味やっぱり迷惑はかかってるのかもしれない。可哀想というか、申し訳ないってことなんだろうね。でも、他の人がそんなこと知らないから普通に生きてるだけだってのは理解できる？」

「もちろん」

「じゃあね、これも理解して欲しいんだけど、……『後悔したくないから』を理由に私のことを選んで欲しくなかった。後悔なんて大したことじゃないんだよ。お残りさんのことは何も知らないけれど、私たち普通の人の、普通の後悔なんてさ。私は後悔も妄想も抱えてる。でも結論はいつも、『ズマくんで良かった』『ズマくん以上があり得ても、ズマくんがいいんだ』だったよ。私は、ズマくんが好きだからズマくんを選んだの。ズマくん以外があったのを知ってて、ズマくんしかないと思ったの。……ごめんね？これって無い物ねだりってことなんだろうけど……ズマくんのお家のこと知ったばかりで、まだ何にも知らないも同然だけど……こんなふうに求めるのは無理なんだろうけど、『後悔したくない』って方針に沿って私との付き合いを引き延ばしたり、……実家に連れてったり、いろんなこと言ったり、して欲しくなかった。私は、私のことを、後悔を引き受けるつもりで、選んで欲しかったの」

直哉さんは泣き出している。

「……!?」

兄が硬直している。

こんな話が始まって、俺も姉もここにいていいのかなと思ったけど、直哉さんは俺たちにいて欲しいんだろう。何故ならこれは兄だけじゃなく、俺たちの話だからだ。

直哉さんは涙を拭って笑みを浮かべてみせる。

「ごめんね?急に。いきなりこんなふうに言われても困るだろうし、ひょっとしたらトンチンカンなこと言ってるのかもしれないけど……。ごめんね。とりあえず頭冷やすから、今日は一人で帰る。せっかく来てもらったのに千夜ちゃんも智英くんもごめんね」

でお金を置いて荷物と上着を持って立ち上がる直哉さんに姉が言う。

「ごめんね直哉さん。……私、直哉さんにここにいて欲しいんだけど、それが直哉さんをこのまま行かせたら後悔するかも、と思ってるせいかもしれないの」

すると直哉さんが本当に気の毒そうな顔で姉を見る。

「……そうだよね。そうなっちゃうよね」

すると兄が言う。

「俺も右に同じ」

マジかよ、と俺も思うし直哉さんも目を丸くしている。

「……千夜ちゃんはあんたの左だよ」

直哉さんが兄をあんたと呼ぶのを初めて聞いた。

で、二人が意見を表明したので俺も何か、と思うけれど、何も出てこない。かろうじて、せめて、それを言う。

「……ごめん。何て言ったらいいかわかんない」

すると直哉さんが言う。

「思考停止か。智英くん苦手だもんね。でもさ、成り行きを見てるだけなら、後悔はないだろうけど何も摑めないよ。ここではしょうがない場面だろうし、私もこんなこと言うなんてズケズケだけどさ」

でも正しいんだろうなと思う。

映画と同じだ。俺は見てるだけ。ずっと見てるだけだったから、そうやって俺自身を鍛えてしまっているのだ。

「あのさ、本当に後悔のない生き方なんてできるのかな?私には想像もつかないよ」

と言って直哉さんは帰ってしまう。

兄も姉も俺も動けない。

で三人になってから兄が言う。

「別れるしかないんでないかな」

えっ!?俺はいよいよ流石に度肝を抜かれる。姉もぽかんとしている。

兄が続ける。

「ほやかってあいつの言うてたこと結構根本的なことやんか。確かに俺『後悔しないように』が先に来てたもん。あいつのこと好きやけど、これから付き合ってても一番最初の決断がそうやったって事実が重たくなってくるやろ、俺にとってもあいつにとっても」

いやその言い分に俺も正しさを感じるけれども、結論が早すぎるんじゃないか!?

「こういうのは早い方がええんや。引きずってても答え同じなら」

でもまだ福井から帰ってすぐだし、お残りさんの話が出て一時間も経ってないのに……と思いながらも、そうやって即断することが正しい気もしてるのが、つまり『後悔しないように』の結論なのだ。

結局それから逃れられていない。

「後悔を引き受ける、だっけ?それはどうしたん?」

と姉が言うと兄が首を振る。

「無理。どう考えても後悔はできるだけしたくない」

「ほんなこと言うて、後から直哉さんのこと何とかすればよかったってならん?」

「いっぺん出した結論や。くよくよしてもしょうがないやんか」

決断の後は思考停止か。

そうか。そうやってしか自分を守れないか。

「俺らって無茶苦茶打たれ弱いんでない?ピシャ、ピシャ、と理屈つけて去るもの追わず、できないことはしょうがない、間違いをくよくよしてもしょうがないっつってなかったことにしてるけど、これ、考えないようにしてるだけで、本当はもっと考えなあかんことでない?」

と俺が言うと兄が笑う。

「ほんでお残りさん生まれてうちに来ても仕方ないってか。それを、俺らだけでもせんとこうって話やろが。俺、自分で尻拭けんことはやりたくないで。そういうシンプルな話や。そもそもお前らこの話関係ないんやで、お前らはお前らで好きにしたらいいけど、ここには入ってこんでいいぞ?気い遣わんでも俺何とかするで」

「その何とかするがよくないことでないかってことやんか」

と姉。

「ほうや。自分がやりやすいように俺らを遠ざけようとすんなや。これ、俺らも十分関係あるやろ」

と俺。兄が言う。

「なんでよ。関係ねえやろ。俺とあいつの話や」

「どう考えても俺ら兄弟の話やで」

「どこがよ。俺がナオを追いかけるかどうかの話やろ。んで結論出した。終わりや」

「そのやり方が間違えてるから、その結論も間違えてるって話よ」

と姉。おお、うまいこと言葉にしたな、と思う。それだ。

兄も少し黙る。

「これはどう生きるか、やで。ほんで、実家まで連れてった人に、それはどうなんやって疑問を呈されたんや。さすがにこれ、真面目に考えなあかんで。あとそれだけでなくて、パッと出てきた答えではいおしまいってせんと、もっと、時間考えて、いろいろ迷わんとあかんで」

するとと兄が言う。

「そんなアリバイ作りみたいな迷い方できんぞ」

「直哉さんのこと好きなんやろ?これは無理やな、はいお終い、みたいな結論の仕方、お兄酷いで。普通、取り戻すためにもっといろんな方法考えるやろ。取り戻せん、って結論はいろいろ実際に試してからやっと諦めて、悔しそうに出る結論やで」

姉の言うことが正しいように思う。

でもじゃあここで手を尽くしてどうにか上手くいったとしても最初の判断が『後悔したくなくて』だったという過去は消えないからやっぱり直哉さんの不信感は消えないんじゃないかなと俺も思うし、そうなるとやっぱり最終的にダメになるなら早いうちに別れておくほうが良い……って兄の結論に戻ってしまって、なら兄が結局正しく姉は間違ってることになるんじゃないだろうか……?

「違う違う」と姉が手を振る。「言うてるやろ?いろいろ試せって話よ。先回りしてどうせ上手くいかんみたいなこと言うてんと、上手くいかす方法を考えねや」

「ほやで、過去のことで、それも根本的な部分なのに、それどうやってなかったことにすんの?無理でない?」

と兄が言う。

俺は姉の言うことを聞くたびに姉の言うことがもっともだと思い、兄のセリフでまた兄も正しいと揺り戻される。

「過去のことをなかったことにせいとは誰も言うてないが。直哉さんが言うたのは、後悔を引き受けるつもりで自分を選んで欲しい、やで?」

その通りだ。

「後悔って、過去の失敗のことやろ?失敗するつもりで選択せいっておかしいやろ。失敗はなければないほどいいやんか」

その通りだ。

「直哉さんがもう一つ言うてたが。後悔なんて大したことない、普通の人の普通の後悔なんて大したことない、って」

「そんときナオ、お残りさんのことは何も知らんけどとも言うてたやろ。知らんでそんなふうに言うんや。普通の人の普通の後悔が大したことないって、なんであいつに言えるんよ。……お前らお残りさんが来るのがうちだけやと思うか?」

頭がクラクラしているところに兄の思わぬ問いかけがきてハッとする。

兄が続ける。

「いろんな人にいろんな心残りがあるやろ?例えば北海道の人の心残りや沖縄の人の心残りもうちに来るんか?外国の人のは?ばあちゃんがアメリカ人とかロシア人とかエジプト人のお残りさんを相手にしてるとは聞いたことないし、そんなん見たことないやんか。うちらがチラッと見るんはいつも普通の、日本人のおじさんとかおばさんとか、じいちゃんばあちゃんやんか。うちのばあちゃんもむっちゃ福井弁やけど、東北の人の言葉とか訛りの強いとこの人の言葉、わかるんかな？なんとなくやけど、まあ西暁のもんだけやとは思わんけど、福井県内とか、その周辺のもんらの心残りに限られてるんでないの？うちに来るの。……ともかく、俺らが知らんだけでお残りさんが来る家は他にもあると思う。それに、もっとたくさんあると思う。ばあちゃんが何も言わんで俺も詳しいこと知らんけど、お残りさんの心残りの内容やかって、実際は言うたら普通の人の普通の後悔やったりするんでない？そんな特別ドラマチックな、なかなかありえん後悔だけがお残りさんになるんかな？もっとようありそうな、誰かに言いたかった言葉が言えんかったとか、逆に言わんでいいこと言うてもたとか、そんなことやったりするんでない？ばあちゃんが相手するんやで？うん。そんな、込み入った、前例のないような内容ではないんでない？……ないような内容ってアハハ」

何笑ってるんだよ、と思いつつ、確かに確かに、と衝撃を受けてると、姉が言う。

「それが？もしお兄の後悔がうちに来てしょぼくれた顔したお兄がおばあちゃんかお母さんに話聞いてもらってすうっと消えて、それがどんだけの迷惑なん？大したことないが。あのさ、私思ったけど、……思ったの初めてな？思ったけど私ら、人の気持ちが人の形してくることにびっくりしてて、お残りさんのこと大きく捉えすぎなんでない?人の形になってやってくるなんて、それだけでドラマチックで特別で込み入った物凄い現象なんかもしれんけど、でもその物凄さとお残りさんの相手することの大変さとは関係なくない?おばあちゃんがそばで聞いてたら消えてくんやろ?そんなん郵便局で切手売るより簡単やんか」

何故郵便局を持ち出したのかは謎だが、おおお……!

いやまた俺は成り行きを見守ってしまっている。

駄目だ駄目だ駄目だ。考えよう。とどれだけ唱えても何をどう考えていいのかわからないし

「俺の話をばあちゃんに聞いてもらうくらいやったらそう言えるかもしれんけど他の、他人のお家の人やったらどうよ。俺のこと知らん人に俺の心残りの話ダラダラするんやで?ダラダラかどうか知らんけど」

「知らん人やったらなおさらフンフンハイハイそーですか〜って聞き流してるやろ。別に親身になって状況詳しく聞き出してアドバイス、とか要らんのやで。横で座ってそーですかそーですかだけやろ。つかばあちゃんも別にそんな相槌すら打ってなかったで?私が覗いてたときは」

などと感情的なトーンに煽られる上にどんどん話が進んでいくのでいささか慌ててしまう。

で、俺は思いつく。

「結局俺らお残りさんについて直哉さんより知ってるってだけで詳しいことなんも知らんのやで、……こうなったら、今当事者にちゃんと聞いてみようさ」

それで実家に電話する。スピーカーで皆で通話できるようにして、携帯をテーブルの上に置く。

父が出る。訊くと、今お残りさんの相手をしているのはばあちゃんと母で四六くらいの割合らしい。じゃあ、と母に電話を代わってもらう。

「何やあんたら三人で飲んでんのか。仲良いなあ」

と何やらあったかいことを言う母に今夜のいきさつをざっくり説明して、訊く。

「お残りさんの相手って、どれくらい負担？」

「別に大したことでない。お金がかかるわけでもないし、時間もかからん。ほんなことよりうちの男衆が揃って誰もこれ手伝おうとせんのがストレスや」

と母のズバッとこちらを切るような即答。

姉が訊く。

「お残りさんの心残りって、詳細は教えてくれんでいいけど、どんな感じ?普通の、ありふれたようなものだったりもするん?」

「あんたら今外やろ?あんまうちのこと外でそんな喋らんときねや」

「誰も聞いていんやろ」

「お残りさんに失礼やって話よ」

「はいはい。いや、で、どう?」

「どうって何よ」

「お残りさんの心残りって、印象としては一般的なもの?」

「その定義がようわからん」

「お母さんの言葉でいいで、どんな印象?」

「……あのねえ、お残りさんって心残りそのものなんやで?その人のこと……まあ人でないけど、その人の感想を言うって、何て言うか、人の気持ちに値付けするみたいで嫌でない?」

「値付けって」

　と姉に続けて俺も言いたくなるが、堪える。

　そして今度は母も正しく感じる。俺に何かの正しい間違ってるを判断することはできるのだろうか？

「まあでも、ほうか、」と母が言う。「あんたらお残りさんに関わらんと暮らしてたさけ、逆にお残りさんに縛られてもうたんやな。頭で考えてるだけやとそうなってまうんかなあ。あんたら、負担負担言うけど、あんたらが暮らしながらやることでもやらんことでも、他の人の負担にならんことあるんか？学校行って勉強するんでも、誰かが教えてくれてるんやで？負担のこと考えて自分で勉強すべきか？あんたらの歩いてる道路も誰かが綺麗に作ってくれてるんやで？自分らで作るか？アハハ。あんたらが作った道路なんて剝がしてやり直す分なお手間がかかりそうやな。あんたら産んだの私やけど、産むのも負担、育てるのも負担、アホなこと言うてるの聞くのも負担ってことかいな。言うとくけどあんたら大人になってもこの通りのアホ揃いやでな？で、あんたら今後結婚したりもするんやろうけど、相手にも負担、作った子供にも負担かけるやろうな。和真は子供は作らんのやろうけど養子は考えてるって話やったっけ？」

「今その話せんでいい」

と兄が少し慌てる。

「ふ。あとな、ほんでいろんな人に世話になった挙句に死んだらすうっと消えるんでないんやで？お葬式出してもろて、お墓に入れてもろて、お墓の掃除やらしてもろてお参りに来てもろて、それ全部負担として計算するか？言うとくけどあんたらがご心配なすってくれたお残りさんはすうっ、やで？ちょっと座ってその人の話聞いて、そんですうっ、や。心残りの話やで内容はそれなりに重たいけど、それがすうっ、て消える瞬間にこっちも軽くなるし、お残りさん来る前より気持ちは軽やか爽やかになるくらいや。お残りさんは自分を助けて、同時に私らを助けてくださるんよ。ほやで、まあこんなふうに言うとどんでもなく失礼やけど、お残りさんが来てくれるんは負担どころかその反対や。あんたらやかって人のために何かしたとき、負担ばっかりか？ちゃうやろ？ええことしたなあっていい気持ちがあるやろ。それが普通や。『こちらこそありがとう』って気持ちが浮かぶくらい晴々とすることやかってあるんでない？それも自然や。ほんでいいんや。持ちつ持たれつや。人の負担にならんようにって考えは、態度としてはいいで？おんぶに抱っこはあかんでな。ほやけど、自分は他人様の負担になってないって思ってるんやったら単なるアホや。頼むで？そういうことでないようにな？」

もう三きょうだい揃って電話を切ってからポカーンとしてしまう。

「……あれ？何で電話したんやっけ？」

と姉が言う。

俺も兄もしばらく答えられない。

「負担って、……ああほうや、お残りさん迎えて送るのが負担かどうか訊いてみよう、や」

と姉が自分で答えを導き出す。

「この話、『後悔せんように』ってのとどうやって繫がるんやっけ？アハハ」

と兄が思わずというふうに笑いだす。

何だっけ？

俺は考えながら喋り始める。

「……後悔せんように生きてるのは、後悔がお残りさんになるんじゃないかってことで、お残りさんが例えばうちのもんの負担やろうと思ったら、それと対面する人にとってはそうでもないってことでしたってわけやな」

「ほやったら人に負担かけてもいいってことか？」

という兄の指摘は間違えてる、と感じる。おお、と微かな驚き。俺にそれが判ることへの。

「違うやろ」と俺。「負担かけてもいいってことでないけど、負担はかかるもんやし、それは気にすることではないって主旨でなかった?母ちゃんの話」

「『持ちつ持たれつ』や」と姉。「『おんぶに抱っこ』にならんようにすればいいって。そう言われてみれば普通の話やな」

「え?で?」と兄。「『後悔せんように』は何があかんの?」

「『あかん』ってことでないやろうけど……」と姉。「そんなん無理って話やろ」

「いや成し遂げられるかどうかでなくて態度の話やで?心掛け」

「ほやでそこに無理があったで、今直哉さんここにおらんのやが」

「………」

直哉さんは何て言ったっけ?


私は、私のことを、後悔を引き受けるつもりで、選んで欲しかったの。


「……『後悔を引き受ける』ってどういう意味かね?」

と問いかけたのは姉だ。

俺も追いかける。

「『後悔してもいい』ってことかな？　でも後悔って失敗したってことでないの？」

これは前の兄の台詞とかぶる。

後悔って、過去の失敗のことやろ？　失敗するつもりで選択せいっておかしいやろ。

失敗はなければないほどいいやんか。

「失敗せんようにするのは絶対正しいやろ」

と兄が似たことをかぶせてくるが、そうなんだけど、と俺は思う。

でも違うんだ。

と思って気づく。

『正しいのに間違っている』ってことがある。それは、あるのだ。

言葉の意味はわからない。

でも事実、『正しいのに間違っている』はあるのだ。

直哉さんの不在。

『後悔せんように』という正しそうな言葉の何が間違えてるのか？

翻って『後悔してもいい』は正しいのか？いかにも間違いなのに？

直哉さんは言った。

聞いて？いいの、聞いて欲しいの。こんなことズマくんに聞かせて私きっと後悔する。これも、後悔になる。『こんな話しなきゃよかった』って思うと思う。でもいいの。私が言いたいのは、そういう後悔も、私の中にあっていいの。

直哉さんのこれが『後悔を引き受ける』ということだろうか？

そうだろう。

つまり直哉さんはここで何をしてる？

後悔なんてどうでもいいと思ってる？失敗も仕方ないと思ってる？

違う。

後悔すると知っていて、正しいことを言おうとしている。

『正しい』？……いやそうじゃなくて、『そのとき言いたいこと』……じゃなくて、『正直』ってことでもなくて……『後から後悔するとしても、言っておくべきと思うこと』だ。

敢えてする失敗というものがある。

という言葉の意味を理解できていない。けど理解できてなくてもあるのだ。

それは『失敗してもいい』？

そういうことだろう。でも『失敗しないほうがいい』の正しさもあって、ではこの二つはどうやって同時に正しいのかというと『失敗しないほうがいい』けど『失敗してもいい』のは……失敗が『糧になる』から？いや取り返しのつかない大失敗もあって、人生を無茶苦茶にすることだってある。他人に大迷惑をかけるどころか他人の人生をも無茶苦茶にすることだってあるだろう。でもそれでもいいのは、『糧になる』みたいな前向きなだけの言葉じゃなくて……過去のことは変えられないからだ。

ほやで、過去のことで、それも根本的な部分なのに、それどうやってなかったこと

にすんの？無理でない？


確かに無理なのだ。

けれどだからこそ、失敗も起こったこととして礎にしながら生きていかなくてはならない。そうするために過去の失敗を「よし」として向き合うんだ。

失敗しない、なんてできない。

さっきまでいて一緒に笑っていた直哉さんが今ここにいないように。

失敗しないなんてできない。

でも後悔しないはできる。

兄がそうしようとしてるように、そのときそのときで自分の気持ちに素直で率直で全力で、という態度で『失敗である』と判断していれば。そしてそれを振り返らなければ。直哉さんとこれ以上付き合うのは無理だなと切り捨ててしまえば。

『切り捨て』だ。そうだ。

言葉としてはキツいけどこれが今兄のやろうとしてることだ。

ある意味『損切り』だ。わ。

失敗に気付いて即座に切り捨てることで、少なくとも後悔はしない。後悔は《あのとき力を尽くしておけば》ってことだから、《力を尽くした》という実感さえあれば《仕方ない》に回収されて後悔なんて起こらない。

兄は直哉さんのために本当に力を尽くそうとしているか？　していない。明らかに。

でも兄に《後悔しない》という確信があるようなのは、別のところで《力を尽くした》と感じてるからだ。それは《過去は変えられない》という事実があるから《何をやっても無理》という結論に結びつけた、という過程の《何をやっても》の部分だ。《いろいろ考えてみたけど》だ。《どう考えても》。《よく考えたけど》。《いくら考えても》。

考えただけだ。

動いてはいない。

本当には力を使っていない。

考えるなんて、力を使ってることにはならない。

でもそれで通してしまえてるのは、兄が『後悔しない』を最優先させているからだ。『後悔していない』から『失敗していない』みたいになっている。直哉さんはいなくなったのに！

失敗はしてるんだ。確実に。

でも《後悔していない》が目眩しになってしまっている。

俺たちがお残りさんのやってくる家で育ったからだ。

……いやそうじゃない。

ばあちゃんだって母さんだって同じ家に暮らしていたのに俺たちとは全然違ってるじゃないか。


持ちつ持たれつや。人の負担にならんようにって考えは、態度としてはいいで？おんぶに抱っこはあかんでな。ほやけど、自分は他人様の負担になってないって思ってるんやったら単なるアホや。頼むで？そういうことでないようにな？

これは失敗をちゃんとしてきた人のセリフだ。失敗を失敗としてちゃんと見据えてきた人の。

お残りさんを俺たちよりもそばで見てきた人が後悔にも心残りにも寛容なのは《『失敗しない』なんてできない》を知っているからだ。

ならばどうして俺たちがそれをわかってないかというと、失敗をちゃんとしていないからで……いや自分たちの《失敗》をちゃんと見てないからで、それはだから、《後悔》を恐れて『後悔しない』を最優先させてたのは兄だけじゃないってことだ。

俺もだ。

いや俺はもっと酷いぞ？

思考停止か。智英くん苦手だもんね。でもさ、成り行きを見てるだけなら、後悔はないだろうけど何も摑めないよ。

『後悔しない』のためにできることがもう一つある。

考えない、だ。

成り行きだけを見てる。

映画なら結論が出る。登場人物の《失敗》と《成功》が明らかになる。

でも人生では、生きてると、結論なんてなかなか出ないのだ。

今回直哉さんが去ったことだって、その後の展開で挽回されるかもしれない。直哉さんの代わりに素晴らしい人との出会いがあるかもしれない。わかりやすい何かは起こらなくても、どこかで直哉さんがいなくなったことが《糧になる》みたいなことが起こるかもしれない。

でもそれが起こる起こらないがわかるまでには時間がかかる。時間がかかっても起こらないかもしれない。

何にせよ時間が経ってしまえば取り返せない。

そして思うことは、《力を尽くしたから》仕方がない、だろうが、事実はそうじゃなくて、《様子見してたんだから》どうしようもない、だ。

うわこれは最悪だ！

俺は力を尽くさなくてはならない。

でもここで直哉さんを取り戻すべきは兄で、じゃあ他人事だからって放っておけないのは兄は兄弟だからだし、兄にはより良い人生を送って欲しいからだし、そのためには直哉さんにいて欲しい……いるべきだ……違う。俺が、直哉さんのことが好きだからだ！家族同然に！いや正直兄よりはずっと！アハハ！


「あのさ、直哉さんがいなくなることより、後悔しないことの方が大事なん？」

と俺は兄に訊く。

訊きながら言葉の意味がわからない。

「は？今それが天秤にかかってんの？」

「うん。そうでない？」

「違うやろ。ナオが今いなくなるか、あとでやっぱりいんようになるかやろ」

「いなくなる、が確定してるみたいだけど、それでじゃあズマくんの天秤で、どうせいなくなるんやったら今いなくなったほうがいいってなってるんやろ？それは後悔しないことが優先されてるからや。で、それでいいの？って俺は訊いてんの。後悔しないことを優先させて、直哉さんがいなくなってもいいの？」

おおおお、俺は上手く言葉にできたんじゃないか？と内心感動している。

姉も言う。

「お母さんの話も聞いたやろ？後悔とか心残りの相手なんて大したことないってさ。でもそれ、その話を聞く人間にはってことやんか？でも、後悔とか心残りをする本人にとっては、そうでないやろ？大したことやんか？」

そうなのだ。

大したことなのだ。

大失敗だし、『後悔しない』を優先せずにその失敗を見据えたときにはもう、耐えがたいほどの……！

ぶるる、と俺は背筋が震える。

怖い。

「なんでお前がビビってるんよ」

と兄が笑う。

「ほやかって、俺にとっても問題は同じやもん」

と俺は言う。

言ってからその通りだと思う。

「私も」

と言う姉の目に涙が浮かんでいる。

「マジかいな」

と兄が言うが、口元はヘラヘラしてるけれども笑っていない。

「マジや」と俺。「俺ら三人とんでもないとこにいるで」

特に俺は、成り行きを見守るだけに逃げ込んじゃったっていうアホの地獄にいます。

「で？」と姉が兄に迫る。「どっち？直哉さんか、……」

「後悔しない、か」

と俺の助け舟。

姉が俺の肩にサンクス、と手を乗せる。そして離さない。

俺は兄の肩に手を乗せる。

姉がもう一つの手を兄に伸ばす。

すると兄が笑う。

「マジなんやなあ……。わかったわかった」

そして立ち上がり、少し歩き出して、振り返る。

「え？で、これからどうするってこと？」

「直哉さんとこ行くしかないやろ」

「力を尽くせや」

「いやだからどうするんよ」

「直哉さんを選ぶしかないやろ」

「ほうや。『後悔を引き受ける』んよ」

「そんでほれはどうすることなんよ」

「直哉さんと一緒にいることやろ」

つまり、直哉さんはどう言った？

「『いろいろ考えたけど直哉さんと一緒にいれて良かったな』と思うことやろ」

すると兄が言う。

「それ、俺ずっと思ってることやけど？」

「「ほしたらそれを言うてこいや！」」

俺と姉の声が揃う。

兄がハハッと笑いながら走り出して、震える脚がもつれてへたり込むようにして転ぶ。

大丈夫大丈夫、と恥ずかしそうに笑う兄を見送り、俺と姉は少し笑いながら少し泣く。

俺はこのきょうだいの一員で良かったな、この家族に生まれてきて良かったな、と生まれて初めてちょっと思う。

巨人が岩を埋めてくれて、その上に家が建って、そこで暮らして、良かったな、と初めて、まだわずかながらも、感じる。

良くなかったのかもしれないが、良かったのだ。

そういうことがある。

そういうことがあるから、生きていける。

本書は二〇二一年十月に刊行した単行本を文庫化したものです。

〈初出〉
畏れ入谷の彼女の柘榴　「群像」二〇一九年十一月号
裏山の凄い猿　「群像」二〇一八年十二月号
うちの玄関に座るため息　単行本刊行時書き下ろし

|著者| 舞城王太郎　1973年、福井県生まれ。2001年『煙か土か食い物』で第19回メフィスト賞を受賞しデビュー。'03年『阿修羅ガール』で第16回三島由紀夫賞を受賞。『熊の場所』『九十九十九』『好き好き大好き超愛してる。』『ディスコ探偵水曜日』『短篇五芒星』『キミトピア』『淵の王』『深夜百太郎』『短篇七芒星』など著書多数。近年は小説にとどまらず、『バイオーグ・トリニティ』や『月夜のグルメ』などの漫画原案、『コールド・スナップ』の翻訳を手掛け、アニメ『龍の歯医者』『イド：インヴェイデッド』の脚本などに携わる。

畏《おそ》れ入谷《いりや》の彼女《かのじょ》の柘榴《ざくろ》

舞城王《まいじょうおう》太郎《たろう》

講談社文庫
定価はカバーに
表示してあります

2023年10月13日第１刷発行

発行者――髙橋明男
発行所――株式会社　講談社
東京都文京区音羽2-12-21　〒112-8001
電話　出版（03）5395-3510
　　　販売（03）5395-5817
　　　業務（03）5395-3615

KODANSHA

デザイン―菊地信義
本文データ制作―講談社デジタル製作
印刷―――株式会社KPSプロダクツ
製本―――株式会社国宝社

Printed in Japan

ISBN978-4-06-532959-7

講談社文庫刊行の辞

二十一世紀の到来を目睫に望みながら、われわれはいま、人類史上かつて例を見ない巨大な転換期をむかえようとしている。

世界も、日本も、激動の予兆に対する期待とおののきを内に蔵して、未知の時代に歩み入ろうとしている。このときにあたり、創業の人野間清治の「ナショナル・エデュケイター」への志を現代に甦らせようと意図して、われわれはここに古今の文芸作品はいうまでもなく、ひろく人文・社会・自然の諸科学から東西の名著を網羅する、新しい綜合文庫の発刊を決意した。

激動の転換期はまた断絶の時代である。われわれは戦後二十五年間の出版文化のありかたへの深い反省をこめて、この断絶の時代にあえて人間的な持続を求めようとする。いたずらに浮薄な商業主義のあだ花を追い求めることなく、長期にわたって良書に生命をあたえようとつとめるところにしか、今後の出版文化の真の繁栄はあり得ないと信じるからである。

同時にわれわれはこの綜合文庫の刊行を通じて、人文・社会・自然の諸科学が、結局人間の学にほかならないことを立証しようと願っている。かつて知識とは、「汝自身を知る」ことにつきていた。現代社会の瑣末な情報の氾濫のなかから、力強い知識の源泉を掘り起し、技術文明のただなかに、生きた人間の姿を復活させること。それこそわれわれの切なる希求である。

われわれは権威に盲従せず、俗流に媚びることなく、渾然一体となって日本の「草の根」をかたちづくる若く新しい世代の人々に、心をこめてこの新しい綜合文庫をおくり届けたい。それは知識の泉であるとともに感受性のふるさとであり、もっとも有機的に組織され、社会に開かれた万人のための大学をめざしている。大方の支援と協力を衷心より切望してやまない。

一九七一年七月

野間省一

講談社文庫 最新刊

本城雅人　誉れ高き勇敢なブルーよ
本城雅人　シューメーカーの足音
本城雅人　ミッドナイト・ジャーナル
本城雅人　紙の城
本城雅人　監督の問題
本城雅人　去り際のアーチ〈もう一打席！〉
本城雅人　時代
本城雅人　オールドタイムズ
堀川惠子　裁かれた命〈死刑囚から届いた手紙〉
堀川惠子　死刑の基準〈「永山裁判」が遺したもの〉
堀川惠子　永山則夫〈封印された鑑定記録〉
堀川惠子　教誨師
堀川惠子　戦禍に生きた演劇人たち〈演出家・八田元夫と「桜隊」の悲劇〉
堀川惠子／小笠原信之　チンチン電車と女学生〈1945年8月6日・ヒロシマ〉
誉田哲也　Ｑｒｏｓ《キュロス》の女
松本清張　草の陰刻
松本清張　黄色い風土
松本清張　黒い樹海
松本清張　ガラスの城

松本清張　殺人行おくのほそ道(上)(下)
松本清張　邪馬台国　清張通史①
松本清張　空白の世紀　清張通史②
松本清張　カミと青銅の迷路　清張通史③
松本清張　天皇と豪族　清張通史④
松本清張　壬申の乱　清張通史⑤
松本清張　古代の終焉　清張通史⑥
松本清張　新装版　増上寺刃傷
松本清張他　日本史七つの謎
松谷みよ子　ちいさいモモちゃん
松谷みよ子　モモちゃんとアカネちゃん
松谷みよ子　アカネちゃんの涙の海
眉村　卓　ねらわれた学園
眉村　卓　なぞの転校生
麻耶雄嵩　翼ある闇〈メルカトル鮎最後の事件〉
麻耶雄嵩　痾《あ》
麻耶雄嵩　メルカトルかく語りき
麻耶雄嵩　夏と冬の奏鳴曲《ソナタ》〈新装改訂版〉
麻耶雄嵩　神様ゲーム

町田　康　耳そぎ饅頭
町田　康　権現の踊り子
町田　康　浄土
町田　康　猫にかまけて
町田　康　猫のあしあと
町田　康　猫とあほんだら
町田　康　猫のよびごえ
町田　康　真実真正日記
町田　康　宿屋めぐり
町田　康　人間小唄
町田　康　スピンク日記
町田　康　スピンク合財帖
町田　康　スピンクの壺
町田　康　スピンクの笑顔
町田　康　ホサナ
町田　康　猫のエルは
町田　康　記憶の盆をどり
舞城王太郎　煙か土か食い物〈Smoke, Soil or Sacrifices〉
舞城王太郎　好き好き大好き超愛してる。

舞城王太郎　私はあなたの瞳の林檎
舞城王太郎　されど私の可愛い檸檬
真山　仁　虚像の砦
真山　仁　新装版 ハゲタカ（上）（下）
真山　仁　新装版 ハゲタカII（上）（下）
真山　仁　レッドゾーン（上）（下）
真山　仁　グリード〈ハゲタカIV〉（上）（下）
真山　仁　ハーディ〈ハゲタカ2・5〉（上）（下）
真山　仁　スパイラル〈ハゲタカ4・5〉
真山　仁　シンドローム〈ハゲタカ5〉（上）（下）
真山　仁　そして、星の輝く夜がくる
真梨幸子　孤《こ》虫《ちゅう》症《しょう》
真梨幸子　深く深く、砂に埋めて
真梨幸子　女ともだち
真梨幸子　えんじ色心中
真梨幸子　カンタベリー・テイルズ
真梨幸子　イヤミス短篇集
真梨幸子　人生相談。
真梨幸子　私が失敗した理由は
真梨幸子　三匹の子豚
真梨幸子　まりも日記
松本裕士　兄弟〈追憶のhide〉
円居　挽
原作 福本伸行　カイジ ファイナルゲーム 小説版
松岡圭祐　探偵の探偵
松岡圭祐　探偵の探偵II
松岡圭祐　探偵の探偵III
松岡圭祐　探偵の探偵IV
松岡圭祐　水鏡推理
松岡圭祐　水鏡推理II〈インパクトファクター〉
松岡圭祐　水鏡推理III〈パレイドリア・フェイス〉
松岡圭祐　水鏡推理IV〈アノマリー〉
松岡圭祐　水鏡推理V〈ニュークリアフュージョン〉
松岡圭祐　水鏡推理VI〈クロノスタシス〉
松岡圭祐　探偵の鑑定I
松岡圭祐　探偵の鑑定II
松岡圭祐　万能鑑定士Qの最終巻〈ムンクの〈叫び〉〉
松岡圭祐　黄砂の籠城（上）（下）
松岡圭祐　シャーロック・ホームズ対伊藤博文
松岡圭祐　八月十五日に吹く風
松岡圭祐　生きている理由
松岡圭祐　黄砂の進撃
松岡圭祐　瑕《か》疵《し》借り
松原　始　カラスの教科書
益田ミリ　五年前の忘れ物
益田ミリ　お茶の時間
マキタスポーツ　一億総ツッコミ時代〈決定版〉
丸山ゴンザレス　ダークツーリスト〈世界の混沌《カオス》を歩く〉
松田賢弥　したたか 総理大臣・菅義偉の野望と人生
真下みこと　#柚莉愛《ゆりあ》とかくれんぼ
松野大介　インフォデミック〈コロナ情報氾濫〉
三島由紀夫
TBSヴィンテージクラシックス 編　告白 三島由紀夫未公開インタビュー
三浦綾子　ひつじが丘
三浦綾子　岩に立つ
三浦綾子　あのポプラの上が空〈新装版〉
三浦明博　滅びのモノクローム
三浦明博　五郎丸の生涯
宮尾登美子　新装版 天璋院篤姫（上）（下）

三津田信三　凶鳥《まがとり》の如き忌むもの
三津田信三　首無《くびなし》の如き祟るもの
三津田信三　山魔《やまんま》の如き嗤《わら》うもの
三津田信三　水魑《みづち》の如き沈むもの
三津田信三　密室《ひめむろ》の如き籠《こも》るもの
三津田信三　生霊《いきだま》の如き重《だぶ》るもの
三津田信三　幽女《ゆうじょ》の如き怨むもの
三津田信三　碆霊《はえだま》の如き祀るもの
三津田信三　魔偶《まぐう》の如き齎《もたら》すもの
三津田信三　忌名《いな》の如き贄《にえ》るもの
三津田信三　シェルター 終末の殺人
三津田信三　ついてくるもの
三津田信三　誰かの家
三津田信三　忌《い》物《ぶつ》堂《どう》鬼《き》談《だん》
道尾秀介　カラスの親指〈by rule of CROW's thumb〉
道尾秀介　カエルの小指〈a murder of crows〉
道尾秀介　水の柩
深木《みき》章子《あきこ》　鬼畜の家
湊かなえ　リバース

宮内悠介　彼女がエスパーだったころ
宮内悠介　偶然の聖地
宮乃崎《みやのさき》桜子《さくらこ》　綺《き》羅《ら》の皇女《ひめみこ》(1)
宮乃崎桜子　綺羅の皇女(2)
三國青葉　損料屋見鬼《けんき》控え 1
三國青葉　損料屋見鬼控え 2
三國青葉　損料屋見鬼控え 3
三國青葉　福猫屋〈お佐和のねこだすけ〉
三國青葉　福猫屋〈お佐和のねこかし〉
三國青葉　福猫屋〈お佐和のねこわずらい〉
宮西真冬　誰かが見ている
宮西真冬　首の鎖
宮西真冬　友達未遂
南　杏子　希望のステージ
嶺里俊介　だいたい本当の奇妙な話
嶺里俊介　ちょっと奇妙な怖い話
溝口　敦　喰うか喰われるか〈私の山口組体験〉
村上　龍　愛と幻想のファシズム(上)(下)
村上　龍　村上龍料理小説集

村上　龍　新装版 限りなく透明に近いブルー
村上　龍　新装版 コインロッカー・ベイビーズ
村上　龍　歌うクジラ(上)(下)
向田邦子　新装版 眠る盃
向田邦子　新装版 夜中の薔薇
村上春樹　風の歌を聴け
村上春樹　1973年のピンボール
村上春樹　羊をめぐる冒険(上)(下)
村上春樹　カンガルー日和
村上春樹　回転木馬のデッド・ヒート
村上春樹　ノルウェイの森(上)(下)
村上春樹　ダンス・ダンス・ダンス(上)(下)
村上春樹　遠い太鼓
村上春樹　国境の南、太陽の西
村上春樹　やがて哀しき外国語
村上春樹　アンダーグラウンド
村上春樹　スプートニクの恋人
村上春樹　アフターダーク
村上春樹 佐々木マキ 絵　羊男のクリスマス

森　博嗣　χ《カイ》の悲劇〈THE TRAGEDY OF χ〉
森　博嗣　ψ《プサイ》の悲劇〈THE TRAGEDY OF ψ〉
森　博嗣　イナイ×イナイ〈PEEKABOO〉
森　博嗣　キラレ×キラレ〈CUTTHROAT〉
森　博嗣　タカイ×タカイ〈CRUCIFIXION〉
森　博嗣　ムカシ×ムカシ〈REMINISCENCE〉
森　博嗣　サイタ×サイタ〈EXPLOSIVE〉
森　博嗣　ダマシ×ダマシ〈SWINDLER〉
森　博嗣　女王の百年密室〈GOD SAVE THE QUEEN〉
森　博嗣　迷宮百年の睡魔〈LABYRINTH IN ARM OF MORPHEUS〉
森　博嗣　赤目姫の潮解〈LADY SCARLET EYES AND HER DELIQUESCENCE〉
森　博嗣　馬鹿と嘘の弓〈Fool Lie Bow〉
森　博嗣　まどろみ消去〈MISSING UNDER THE MISTLETOE〉
森　博嗣　地球儀のスライス〈A SLICE OF TERRESTRIAL GLOBE〉
森　博嗣　レタス・フライ〈Lettuce Fry〉
森　博嗣　僕は秋子に借りがある I'm in Debt to Akiko〈森博嗣自選短編集〉
森　博嗣　どちらかが魔女 Which is the Witch?〈森博嗣シリーズ短編集〉
森　博嗣　喜嶋先生の静かな世界〈The Silent World of Dr.Kishima〉
森　博嗣　そして二人だけになった〈Until Death Do Us Part〉
森　博嗣　つぶやきのクリーム〈The cream of the notes〉
森　博嗣　ツンドラモンスーン〈The cream of the notes 4〉
森　博嗣　つぼみ茸《きのこ》ムース〈The cream of the notes 5〉
森　博嗣　つぶさにミルフィーユ〈The cream of the notes 6〉
森　博嗣　月夜のサラサーテ〈The cream of the notes 7〉
森　博嗣　つんつんブラザーズ〈The cream of the notes 8〉
森　博嗣　ツベルクリンムーチョ〈The cream of the notes 9〉
森　博嗣　追懐のコヨーテ〈The cream of the notes 10〉
森　博嗣　積み木シンドローム〈The cream of the notes 11〉
森　博嗣　カクレカラクリ〈An Automaton in Long Sleep〉
森　博嗣　DOG&DOLL
森　博嗣　森には森の風が吹く〈My wind blows in my forest〉
森　博嗣　アンチ整理術〈Anti-Organizing Life〉
森　博嗣 原作／萩尾望都　トーマの心臓〈Lost heart for Thoma〉
諸田玲子　森家の討ち入り
森　達也　すべての戦争は自衛から始まる
本谷有希子　腑抜けども、悲しみの愛を見せろ
本谷有希子　江利子と絶対〈本谷有希子文学大全集〉
本谷有希子　あの子の考えることは変
本谷有希子　嵐のピクニック
本谷有希子　自分を好きになる方法
本谷有希子　異類婚姻譚
本谷有希子　静かに、ねぇ、静かに
茂木健一郎　「赤毛のアン」に学ぶ幸福《しあわせ》になる方法
森林原人　セックス幸福論〈偏差値78のAV男優が考える〉
桃戸ハル編・著　5分後に意外な結末〈ベスト・セレクション〉
桃戸ハル編・著　5分後に意外な結末〈ベスト・セレクション　黒の巻・白の巻〉
桃戸ハル編・著　5分後に意外な結末〈ベスト・セレクション　心震える赤の巻〉
桃戸ハル編・著　5分後に意外な結末〈ベスト・セレクション　心弾ける橙の巻〉
森　功　高倉健〈隠し続けた七つの顔と「謎の養女」〉
森　功　地面師〈他人の土地を売り飛ばす闇の詐欺集団〉
望月麻衣　京都船岡山アストロロジー
望月麻衣　京都船岡山アストロロジー2〈星と創作のアンサンブル〉
望月麻衣　京都船岡山アストロロジー3〈恋のハウスと檸檬色の憂鬱〉
山田風太郎　甲賀忍法帖〈山田風太郎忍法帖①〉
山田風太郎　伊賀忍法帖〈山田風太郎忍法帖③〉
山田風太郎　忍法八犬伝〈山田風太郎忍法帖④〉
山田風太郎　風来忍法帖〈山田風太郎忍法帖⑪〉

講談社文庫　目録

山本周五郎　戦国物語 信長と家康〈山本周五郎コレクション〉
山本周五郎　幕末物語 失　蝶　記〈山本周五郎コレクション〉
山本周五郎　逃亡記 時代ミステリ傑作選〈山本周五郎コレクション〉
山本周五郎　家族物語 おもかげ抄〈山本周五郎コレクション〉
山本周五郎　繁《しげ》　あ　ね〈美しい女たちの物語〉
山本周五郎　雨　あ　が　る〈映画化作品集〉
柳田理科雄　スター・ウォーズ 空想科学読本
柳田理科雄　MARVEL マーベル空想科学読本
靖子靖史　空《くう》色《しき》カンバス〈瑞空寺《ずいくうじ》凸凹《でこぼこ》縁起《えんぎ》〉
安本由佳
山本理沙　不機嫌な婚活
山中伸弥
平尾誠二・恵子　友　　情〈平尾誠二と山中伸弥「最後の約束」〉
山手樹一郎　夢介千両みやげ(上)(下)〈完全版〉
山口仲美　すらすら読める枕草子
夢枕　獏　大江戸釣客伝(上)(下)
夢枕　獏　大江戸《おおえど》火龍《かりゅう》改《あらため》
唯川　恵　雨　心　中
行成　薫　ヒーローの選択
行成　薫　バイバイ・バディ
行成　薫　スパイの妻

行成　薫　さよなら日和
柚月裕子　合理的にあり得ない〈上水流涼子《かみづるりょうこ》の解明〉
夕木春央　絞《こう》首《しゅ》商《しょう》會《かい》
夕木春央　サーカスから来た執達吏
吉村　昭　私の好きな悪い癖
吉村　昭　吉村昭の平家物語
吉村　昭　暁　の　旅　人
吉村　昭　新装版 白い航跡(上)(下)
吉村　昭　新装版 海も暮れきる
吉村　昭　新装版 間 宮 林 蔵
吉村　昭　新装版 赤　い　人
吉村　昭　新装版 落日の宴(上)(下)
吉村　昭　白　い　遠　景
横尾忠則　言葉を離れる
与那原　恵　わたぶんぶん〈わたしの「料理沖縄物語」〉
米原万里　ロシアは今日も荒れ模様
横山秀夫　半　　落　ち
横山秀夫　出口のない海
吉田修一　日曜日たち

吉本隆明　真　　　　贋
吉本隆明　フランシス子へ
横関　大　再　　　　会
横関　大　グッバイ・ヒーロー
横関　大　チェインギャングは忘れない
横関　大　沈黙のエール
横関　大　ルパンの娘
横関　大　ルパンの帰還
横関　大　ホームズの娘
横関　大　ルパンの星
横関　大　スマイルメイカー
横関　大　K2〈池袋署刑事課 神崎・黒木〉
横関　大　帰ってきたK2〈池袋署刑事課 神崎・黒木〉
横関　大　炎上チャンピオン
横関　大　ピエロがいる街
横関　大　仮面の君に告ぐ
横関　大　誘拐屋のエチケット
横関　大　ゴースト・ポリス・ストーリー
吉川永青　裏　関　ヶ　原

吉川永青　化け札
吉川永青　治部の礎《いしずえ》
吉川永青　老侍
吉川永青　雷雲の龍〈会津に吼える〉
吉村龍一　光る牙
吉川トリコ　ぶらりぶらこの恋
吉川トリコ　ミドリのミ
吉川英梨　波動〈新東京水上警察〉
吉川英梨　烈渦〈新東京水上警察〉
吉川英梨　朽《く》海《かい》の城〈新東京水上警察〉
吉川英梨　海底の道化師〈新東京水上警察〉
吉川英梨　月《げっ》下《か》蠟《ろう》人《じん》〈新東京水上警察〉
吉川英梨　海《かい》蝶《ちょう》〈海を護るミューズ〉
吉森大祐　幕末ダウンタウン
横山光輝 山岡荘八・原作　漫画版　徳川家康1
横山光輝 山岡荘八・原作　漫画版　徳川家康2
横山光輝 山岡荘八・原作　漫画版　徳川家康3
横山光輝 山岡荘八・原作　漫画版　徳川家康4
横山光輝 山岡荘八・原作　漫画版　徳川家康5

横山光輝 山岡荘八・原作　漫画版　徳川家康6
横山光輝 山岡荘八・原作　漫画版　徳川家康7
横山光輝 山岡荘八・原作　漫画版　徳川家康8
よむーく　よむーくの読書ノート
よむーく　よむーくノートブック
隆慶一郎　花と火の帝(上)(下)
隆慶一郎　時代小説の愉しみ
リレーミステリー　宮辻薬東宮
令丈《れいじょう》ヒロ子 原作・文 吉田玲子 脚本　小説 若おかみは小学生！〈劇場版〉
渡辺淳一　失楽園(上)(下)
渡辺淳一　男と女
渡辺淳一　泪《なみだ》壺《つぼ》
渡辺淳一　秘すれば花
渡辺淳一　化粧(上)(下)
渡辺淳一　あじさい日記(上)(下)
渡辺淳一　熟年革命
渡辺淳一　幸せ上手
渡辺淳一　新装版 雲の階段(上)(下)
渡辺淳一　麻酔〈渡辺淳一セレクション〉

渡辺淳一　阿寒に果つ〈渡辺淳一セレクション〉
渡辺淳一　何《いず》処《こ》へ〈渡辺淳一セレクション〉
渡辺淳一　光と影〈渡辺淳一セレクション〉
渡辺淳一　花《はな》埋《うず》み〈渡辺淳一セレクション〉
渡辺淳一　氷紋〈渡辺淳一セレクション〉
渡辺淳一　長崎ロシア遊女館〈渡辺淳一セレクション〉
渡辺淳一　遠き落日(上)(下)〈渡辺淳一セレクション〉
輪《わ》渡《たり》颯介　古道具屋 皆塵堂
輪渡颯介　猫除け 古道具屋 皆塵堂
輪渡颯介　蔵盗み 古道具屋 皆塵堂
輪渡颯介　迎え猫 古道具屋 皆塵堂
輪渡颯介　祟《たた》り婿《むこ》 古道具屋 皆塵堂
輪渡颯介　影憑《つ》き 古道具屋 皆塵堂
輪渡颯介　夢の猫 古道具屋 皆塵堂
輪渡颯介　呪い禍 古道具屋 皆塵堂
輪渡颯介　髪追い 古道具屋 皆塵堂
輪渡颯介　怨返《おんがえ》し 古道具屋 皆塵堂
輪渡颯介　溝猫《どぶねこ》長屋 祠之怪《ほこらのかい》
輪渡颯介　優しき悪霊〈溝猫長屋 祠之怪〉

2023年 9 月15日現在